SV

Andrzej Stasiuk
Galizische Geschichten
Aus dem Polnischen von
Renate Schmidgall

Suhrkamp

Die Originalausgabe erschien 1995 unter dem Titel
Opowieści galicyjskie bei Znak, Kraków.
Der Übersetzung liegt die 1999 bei
Czarne, Gładyszów erschienene Ausgabe zugrunde.

Die Übersetzung wurde gefördert vom
Literarischen Colloquium Berlin
mit Mitteln des Auswärtigen Amtes
und der Senatsverwaltung für Wissenschaft, Forschung
und Kultur Berlin.

Galizische Geschichten

Józek

Knapp über vierzig, ein schlaues Fuchsgesicht und der Körper ausgedörrt. Der letzte Traktorist der LPG, und der Traktor ist auch der letzte, neue wird es nicht mehr geben. Nie mehr. Aber dieses Wort kennt Józek nicht, es gehört in den Bereich der Phantasie, und wie von jeher versucht er in der stillstehenden Zeit dem eisernen Leichnam etwas Leben einzuhauchen. Denn sein Trekker läuft nur, weil Józek weiß, bei wem er was abschrauben kann.

»Wozu zum Geier braucht der einen Dynamo, wenn er sowieso nicht fahren kann«, brummt er in der ägyptischen Finsternis und hantiert mit dem Neunzehner-Schlüssel, geschickt wie ein Chinese mit Stäbchen. Gleich wird er seinen Schrott einbauen, die rausgedrehten Schrauben mit Dreck beschmieren, und keiner wird was merken.

In der Landschaft dieser untergehenden Welt, zwischen den Überresten von Maschinen und reglosen Getrieben, zwischen der verrosteten Sämaschine und der stillen, kalten Schmiede hat seine Gestalt ihre Beweglichkeit bewahrt. Er ist Anfang vierzig, aber schon alt. Er erinnert sich an die Zeit des Paradieses.

»Mensch! Damals hast du Zement gebracht, Wolle weggefahren, dann wieder Mist geholt, dann Erdöl. Die Kunden haben sich drum gerissen, einem Privathändler hat man höchstens einen Tritt gegeben, aber keinen Sack Zement. Hier war keiner gut im Rechnen. Und der Alte konnte auch nichts machen, wenn er einen nicht auf frischer Tat ertappte. Entlassen? Wer wäre denn in diese ukrainische Pampa gekommen? Und jetzt...«

Er winkt ab, zeigt auf den zerrissenen Sattel und fährt los. Unschuldig wie ein Engel, wie ein Kind, wie ein Wesen aus der Zeit, als Gott noch über die Idee der Sünde nachsann.

Die Enterbten leben in der Gegenwart. Wenn sie eine Vergangenheit besitzen, dann ist sie Erinnerung, etwas ebenso Unbestimmtes wie die Zukunft.

Er war irgendwo aus der Gegend von Limanowa gekommen. Nicht allein. Die Eltern hatten ihn mitgebracht, als er ein paar Jahre alt war. In der totalen Einöde konnte er sich die Erschaffung der Welt ansehen und einprägen. Die LPG-Wirklichkeit war ein Kosmos. Hier wurde man geboren, hier lebte und starb man. Da gibt's keine acht Stunden Fabrik, keine Fahrt mit der Straßenbahn und danach Privatleben zu Hause. Immer die gleichen Gesichter, bei der Arbeit und auf dem dreckigen Weg, der gleichzeitig Promenade, Marktplatz, Ort für Rendezvous und Schlägereien ist. Niemand kommt, ab und zu geht einer. Sogar Kasernen sind dagegen etwas Unbeständiges, denn in ihnen wartet man ab, bis die Friedenszeit vorbei ist.

Mit welchem Gedächtnis waren die ersten Menschen begabt? Es muß umgekehrt proportional zur Freiheit gewesen sein. Dieses Verhältnis verbindet uns, mehr als jedes andere, mit den Tieren.

Als wir einmal in die Kneipe gingen, fragte ich ihn, wozu er dieses handliche Brecheisen im Ärmel habe. »Ich kenn ja nicht alle dort. Man weiß nie, wer Freund und wer Feind ist.«

Einmal fand ich ihn im Graben. Er schlief in seinem halb umgekippten Traktor. Überhaupt schlief er oft da, wo der Schlaf ihn übermannte.

Also restlos den Sinnen hingegeben und immer auf der Hut, ein schnelles Folgern, auf den Augenblick fixiert. »Wenn du ißt, dann iß. Wenn du trinkst, dann trink.« Das sind Weisungen, wie Zen-Meister sie ihren Schülern geben. Wahrscheinlich hätten sie Józek ein herzhaftes Lachen entlockt. Die Meister verschwenden eine Menge Zeit auf die Entdeckung grundlegender Wahrheiten. Doch auch er dachte nach, wenn das Nachdenken ihn tröstete.

Eines Tages traf ich ihn im Wald. Er saß in seinem Traktor, gab Vollgas und versank langsam im Sumpf. In seinem Säuferoptimismus glaubte er, er würde aus dem Schlammloch wieder rauskommen, obwohl der Dreck schon in die Gummistiefel lief. »Ganz ruhig«, sagte er immer wieder. »Mal klappt's, mal auch nicht.«

Unkomplizierte Geister kommen sicher besser mit der Interpretation der Wirklichkeit zurecht. Die Civitas der LPG war auf dem Prinzip der Gemeinschaft begründet. Józek bediente sich des Ockhamschen Rasiermessers und zog die letzte Konsequenz aus der Formel »Jeder nach seinen Möglichkeiten, jedem nach seinen Bedürfnissen«. Dieses Postulat hatte uneingeschränkte Gültigkeit. Sind doch die menschlichen Möglichkeiten schwer zu definieren, ihre Realisierung richtet sich nach den Umständen und wird vom Verstand kontrolliert. Und erst die Bedürfnisse, deren Wurzeln im dunklen und unvernünftigen Willen liegen?

Also gab er, soviel er wollte, und nahm, soviel er konnte, und paßte die rationale Philosophie der ungestümen Natur des Menschen an.

Ich habe das unbestimmte Gefühl, daß das System, dessen entfernte Filiale Józeks LPG war, nicht etwa dank des Widerstands einiger weniger zerfallen ist, die Tugend, Wahrheit und Ehrlichkeit hochhielten. Nichts gegen diese Werte, aber sie sind zu abstrakt und ganz unzureichend, um eine lebendige Existenz aufzubauen. Die logische, mechanische und ebenfalls abstrakte Struktur des Systems ist in tausend Teile zerbröselt, weil Józek darin lebte, er und seine Brüder und Schwestern, eine Legion von Enterbten, die von den beschwerlichen Geboten der Moral, Religion und Erinnerung frei sind. Ihren Instinkten gehorchend, vertieft in das ermunternde Murmeln der Natur, bildeten sie eine Masse, die auch die ausgeklügeltste Struktur nicht zusammenhalten konnte.

Eines Tages im Winter blieb ich so tief stecken, daß trotz des Vierradantriebs nichts mehr ging, weder vor noch zurück. Da fuhr er gerade vorbei. Wir befestigten ein Seil, und er zog mich durch eine kilometerlange Schneewehe. »Du gibst einen aus«, sagte er im Scherz, und auf seinem Fuchsgesicht erschien ein Grinsen. Ich erwiderte im Ernst: »Ja, ich geb einen aus« – und wir gingen einen trinken.

Die Kneipe war kalt und leer, nur die Barfrau stand hinter einer Pyramide von Bierkrügen, die aussah wie ein Prisma aus Eis. Nach der dritten Runde fuhr der Geist von Raymond Roussel in Józeks Leib und begann durch seinen Mund einen zusammengestoppelten *Locus Solus* zu diktieren. Ganz so, als wollte der Schriftsteller die Geringschätzung wettmachen, die ihm in seiner vorigen Inkarnation widerfahren war. Nur daß dieser Geist die raffinierten Klang- und Bedeutungsassoziationen durch irgendeinen logopädischen Schlüssel ersetzt hatte, mit dessen Hilfe sich aus ein paar hundert Wörtern – etwa soviel umfaßte Józeks Wortschatz – fließende Sätze bilden ließen, mit denen man die gesamte Existenz beschreiben konnte. Es geht hierbei um die Bequemlichkeit der Zunge, buchstäblich um die Leichtigkeit, mit der man dieses Stück Fleisch im Mund bewegt. Józek stottert nicht, überlegt nie und scheint immer ins Schwarze zu treffen, weil er nichts berichtigt und nichts präzisiert. Józek setzt sich, und nach einem Glas Wodka verwandelt er sich vollkommen in Sprache, in eine Rede, die auf die Welt einwirkt, auf die ganze Wirklichkeit, ja, selbst auf den Kosmos würde sie einwirken wie Königswasser auf Metalle. Die Reihenfolge der Ereignisse löst sich auf, die Kette von Ursachen und Wirkungen zerreißt, und mit der Geschichte schwindet auch die Sünde. Alles geschieht gleichzeitig, fängt vor der Zeit an und findet ein Ende, bevor es beginnt. Mit den nächsten Gläsern versetzt Józek der Zeit den Todesstoß, vollzieht eine wahnwitzige Sektion, die das schwächliche Skelett entblößt, an dem wir unsere Bemühungen, Errungenschaften, Pläne und Hoffnungen festmachen. In diesem Strom verschwindet auch Józek selbst als Grenze zwischen dem, was war, und dem, was erst sein wird. Er sitzt natürlich immer lässiger am Tisch, rutscht über die Lehne und zieht immer gieriger an der Zigarette, bis die Innenseiten der Wangen sich zu berühren scheinen. Aber seine Existenz wird fragwürdig. Von der Zeitskala verschwindet der Punkt Null. Nach einer Stunde, wenn die Flasche geleert ist, während einiger Bierchen, die ihm den Rest geben, verwechselt er meinen Namen mit einem anderen, der in seinem Leben eine Rolle gespielt hat. Dann findet er ihn wieder und lädt mich in die Zukunft ein, ins Frühjahr, zum Angeln von Forellen, die als ferne Reminiszenz an die Kindheit in seinem Geist aufgetaucht sind und einige andere Geschichten mit sich ziehen. Es ist ein Gewirr sich gabelnder Wege. Józek wählt keinen aus. Er geht, wohin ihn die bequemen Silben, die Ähnlichkeit der Namen oder der Zufall seines betrunkenen Hirns tragen.

Józek schwimmt – damals, heute oder morgen – wie ein Fisch im Ozean. Seine Spur gleicht der Doppelschlinge der Unendlichkeit. Er kippt die Flasche, schluckt gluckernd das Bier und mit dem Bier den eigenen Schwanz, denn Józek ist eine altertümliche Schlange, vielleicht ein Leviathan, das heißt eine Spielart des Chaos, mit der Gott, trotz der vergehenden Zeit, nicht zurechtgekommen ist – oder vielleicht wollte er auch einfach nicht, um es uns nicht zu leicht zu machen.

Schließlich, als wäre ihm bewußt, daß nur eine Geste ihn von der Logorrhö befreien kann, steht er auf, ringt um sein Gleichgewicht, sucht seinen Schal, den er nicht findet, weil er ihm wie eine große grüne Eidechse über die Schultern hängt, murmelt noch etwas und geht.

Er setzt sich auf den Traktor, der ihn, wie ein erfahrenes Pferd den dösenden Kutscher, zu den nächsten kleinen Veruntreuungen, Betrügereien und Tricks bringt, den Geheimnissen einer unabhängigen Existenz. Denn Józek ist unabhängig, und selbst wenn seine Freiheit in irgendeiner Notwendigkeit enthalten sein sollte, so ahnt er nichts davon.

Seinen Haupt- und Lieblingssünden gibt er sich mit der gleichen Nonchalance hin, mit der er am Sonntagmorgen in der Kirche erscheint. Vor dem Altar steht er in dunkelblauer Hose, weißem Hemd und grünem Jackett – alles festlich und aus Plastik. Wenn er niederkniet, wenn er sich bekreuzigt, springen die Funken der elektrischen Entladungen mit leisem Knistern über. Die Kinder blitzsauber, die Frau ordentlich frisiert, keinerlei Geflüster oder Geschubse. Der Tisch ist schlicht, mit einer Spitzendecke bedeckt, und Józek weiß, obwohl er sich dessen nicht bewußt ist, daß auch er seinen Anteil an der Vergebung hat, daß in der Arithmetik der Welt jeder Sünde ein Stückchen weiße Oblate entspricht. Deshalb ist sein Fuchsgesicht ruhig. Er ist bei sich, ergibt sich dem Lauf der Dinge. Józek – ein chaotisches und zugleich kosmisches Wesen. Kein Extrem kann ihn tangieren. Wenn die Zeremonie endet, wenn das Göttliche Gott zurückgegeben wird, kehrt er in seine Welt zurück. Der Rauch der Popularne-Zigaretten vermischt sich mit dem Duft der erloschenen Kerzen und des Weihrauchs, denn die Männer lassen die Frauen vor, und sie selbst beratschlagen am Kirchentor. Darüber, was man mit dem Rest des freien Tages anfangen könnte.

Von der Stelle, an der die Kirche steht, sieht man die LPG wie auf dem Präsentierteller: ein weißer, glatter Berg, der sich sanft bis zum Horizont erhebt, abgeschlossen vom Kamm des Waldes. Ein paar Gebäude – schwere Barken, räudig, ärmlich, gefangen auf der Reise ins Nirgendwo, erstarrt auf einer gigantischen weißen Welle. Bretterbuden für Holz, Schuppen für Heu. Die gewaschenen Kleider auf der Leine schlagen krachend gegeneinander, wie Stücke von gefrorenem Fleisch. Der Wind trägt Wolken von Schnee über den Paß. So sieht Józeks Welt aus. Eine unförmige, träge Wirklichkeit, in der die Schwerkraft der Materie Gegenstände und Körper gleichermaßen berührt. Die Zeit ist kreisförmig – das wissen die Frauen am besten. Für sie ist sie in neunmonatige Zyklen unterteilt. Zwischen zwei Niederkünften leisten sie Geburtshilfe bei den Schafen, manche von ihnen erlangen eine gewisse Ähnlichkeit mit Tieren, was die Anzahl der Entbindungen betrifft. Fünf Kinder, sieben, neun, jedenfalls genug, um zu glauben, das Leben sei nur eine unendliche Kette von Geburt und Tod. Um sich aus diesem Kreis zu lösen, braucht man Tugend oder Laster. Erstere kultiviert Józek, insofern er muß, insofern es erforderlich ist, um unter Menschen zu existieren. Er tut es gemäßigt und ganz nebenbei. Aber wenn er sagt: »Junge, was haben wir gesoffen!« oder wenn er die Zeit »unter Gomulka« und »unter Gierek« unter dem Aspekt der Diebstähle und ihrer Mühelosigkeit beschreibt, dann schwingt in seiner Stimme Stolz und Befriedigung mit, die er keineswegs verbirgt. Ganz so, als wären diese Taten ein Maß für die Souveränität, als hätte er mit ihrer Hilfe seine individuelle Existenz bewahrt und ihr Sinn verliehen.

Das letzte Mal habe ich ihn im Sommer gesehen. Drillichhose, Unterhemd und eine ausgebleichte schwarze Baskenmütze. Die Haut verbrannt, im Mund der ewige Glimmstengel. »Junge, die Pepiks haben meinen Traktor beleidigt. Ich wollte ihnen die Fresse polieren, aber keiner von ihnen wollte sich prügeln.« Er mähte damals die Wiesen direkt an der slowakischen Grenze. Auf der einen Seite die polnische LPG, auf der anderen die ausländische. Die drüben mähten mit roten Zetor-Traktoren, schallgedämpfte Kabine, drinnen ein Radio, 21. Jahrhundert. Als sie Józeks Wrack sahen, konnten sie sich vor Lachen nicht halten.

Eine Woche später lebte er nicht mehr. Es war einer von den Sommern, wo die Sonne das Himmelblau zu Weiß verbrennt. Zwölf Stunden in der Gluthitze, die Maschine wie ein Ofen. Die Kumpel erzählten, daß es an diesem Tag nichts zu trinken gab. Kein Tropfen einheimischer Wein oder Bier. Am Mittag jagte Józek die Frösche aus dem stehenden Tümpel und trank Wasser. Vermutlich hat ihn diese trügerische Flüssigkeit umgebracht.

Als die Ärzte im Krankenhaus in seinen Körper schauten, sagten sie, er sehe aus, als wäre er mindestens hundert.

Immer wenn ich an ihn denke, frage ich mich, ob ihm vergeben wurde. Ihm und allen Gleichgesinnten. Denn in gewissem Sinn waren sie ein neuer Stamm, ein Volk, zu dem keine frohe Botschaft und kein Apostel Paulus vorgedrungen sind. Die Kirche auf dem Hügel, in die er sonntags ging, bezeugte den Dualismus der Welt. Man konnte sie betreten, sich von der Schuld reinwaschen, um danach wieder in die Wirklichkeit einzutauchen, in der Tugend und Sünde nicht klar abgegrenzt waren, sich gegenseitig durchdrangen wie Finsternis und Licht vor dem ersten Schöpfungstag. Könnte in Józeks Geist nicht intuitiv der Eindruck entstanden sein, daß die Kirche von dem sie umgebenden Chaos legitimiert sei? Eingerichtet, damit er, Józek, sich einmal in der Woche einer Therapie hingeben konnte, die ihm seinen Seelenfrieden sicherte?

Władek

Ein Dorf, wie Dörfer eben sind. Die drei Kilometer lange
Schlange von Gebäuden wird dünner, bricht ab und ver-
einigt sich wieder zu dichter Bebauung. Beton, Holz,
eingefallene Dächer, Reste von Zäunen und eiserne Ba-
lustraden von Balkonen bilden einen Teig aus Armut und
Sehnsucht nach der TV-Welt. Die asphaltierte Straße
streift kaum den Rand der Bebauung. Das ist auch besser
so, denn den löchrigen Kiesweg, die Hauptverkehrsader,
haben Kinder und Hunde in Beschlag genommen. Sie geben sich gemeinsamen Vergnügungen hin, und kein
schnelles Gefährt stört die Symbiose. Bisweilen ein Traktor, aber der Traktor ist eine langsame, zahme Maschine.

Irgendwo, mitten in dieser Häuserschlange, steht Władeks Hütte, ein morsches Kettenglied, nicht besser und
nicht schlechter als die anderen. Es sind eher die neuen,
weißen, manchmal zweistöckigen Häuser, die irgendwie
überheblich aussehen und nicht in die horizontale Landschaft passen, die ganz natürlich zum Verfall neigt, im Einklang mit den Gesetzen der Erosion: Hügel, Bäume, Häuser.

Władek also – das gebrochene Rückgrat des Dachs,
eine Frau und zwölf Kinder. Er ist um die vierzig, eine ge-
radezu biblische Fruchtbarkeit also, aber das ist nichts
Außergewöhnliches hier. So war es immer: kleiner Auf-
wand – spürbarer Gewinn. Die Erde gebar am liebsten
Steine, in regelmäßigen Stapeln bedeckten sie die Raine,
außerdem ein paar Schafe, zwei Kühe, aber schon das Ge-
treide war eher L'art pour l'art, oder vielleicht Gewohn-

heit, denn irgendwas außer Heu und Kartoffeln muß der Mensch ja haben. Ohnehin wird der Wohlstand hier immer nur eine Form kleinerer oder größerer Armut sein.

Bei der Verteilung der Seelen mußte ein Irrtum unterlaufen sein, denn Władeks Körper, dieser Erde entsprossen und mit ihr verwachsen, hatte ein leichtes, etwas zu zartes Organ abbekommen, das mit der Schwerfälligkeit der Materie einfach nicht zurechtkam. Mit den eigenen Gliedern, dem Schlaf, der Vergänglichkeit, mit der Schwere des steinigen Bodens. Der uralte Rhythmus, der die Nachbarn im Frühjahr auf die Felder trieb, im Sommer auf die Wiesen und im Herbst zu den Kartoffeln, berührte ihn kaum. Deshalb nahm Władek im Dorf, obwohl er mittelmäßig trank und ein anständiger Mensch war, einen untergeordneten Platz ein, und wenn es um das Pro-Kopf-Einkommen ging, wahrscheinlich den letzten. Den Mangel an innerer Kraft versuchte er durch Erfindungsgabe auszugleichen und schickte die Kinder, mit Zetteln versehen, in die umliegenden Höfe: »Frau Gienia, wir haben nichts zu essen, bitte leihen sie uns fünfzigtausend.« Manchmal liehen die Leute was, manchmal warfen sie die Kinder raus – wenn der Zettel für Frau Gienia bei Frau Wiesia landete, einer verbissenen Feindin der ersten. Manchmal kümmerte sich die Sozialfürsorge, manchmal der Pfarrer, aber sie konnten nur vorübergehend Hilfe leisten, denn Władek war schließlich ein guter Vater, und es war seine größte Freude, wenn er von Kopf bis Fuß von seiner Kinderschar umringt war. Dann saß er da, zufrieden wie ein Mormone, und seine Frau ging zur Arbeit in den Wald.

Im Dorf stand ein Kiosk. Als in dieser Gegend der Kommunismus regierte, der Oberverwalter des Graus, sah die Bude aus wie ein schmutziges Aquarium, in dem ein paar Zahnbürsten, drei Zigarettensorten und das blasse, gelangweilte Gesicht der Verkäuferin schwebten. »Die Schar« und »Der Polnische Landwirt« steckten voller Trost und Versprechen. »Zwei Busfahrkarten und Popularne.« »Zweimal Popularne und eine Busfahrkarte.« Und Streichhölzer. Wie viele Kombinationen.

Und jetzt sieht es aus, als würde die neueste Erschaffung der Welt nicht in Zeit und Raum stattfinden, sondern im Reich der Farben. Das Schaufenster ist der bunteste Ort im Umkreis von fünfzehn Kilometern. Alte Frauen bleiben stehen um zu schauen, und in ihren dunklen, eingefallenen Augen entzünden sich Gelb, Azur, sieben Arten von Rot, ein Gold, Silber, Blau und Grün, wie sie es in den siebzig Jahren, die sie hier leben, noch nie gesehen haben. Das Wasser der Sintflut weicht, die letzten Sekretäre sind ertrunken oder geflohen, das Böse ist ausgerottet, und am Himmel geht ein neuer Regenbogen auf, ein Bild der Versöhnung. Die alten Frauen stehen da wie aus der Arche entlassene Tiere und betrachten die Zeichen des neuesten Testaments. Die Landschaft hat nie solch ein Interesse geweckt. Als wäre das alte Werk Gottes verblaßt, als hätten Regen, Schnee und Leiden die ganze Farbe abgewaschen und es durchsichtig gemacht.

Das Spektrum des Schaufensters sendet ein hartes, entschiedenes Licht aus, in dem Beschwörungen in einer unbekannten Sprache schweben.

Die Farbe Weiß – Similac Isomil – ist Reinheit, Freude, Unschuld und ewiger Ruhm, die Farbe der Kleider Christi auf dem Berg Tabor, Byssus aus dem Tempel Salomons.

Blau – Blue Ocean Deodorant – ist die Farbe der Muttergottes, des Firmaments, und wie Weiß bedeutet es Unbeflecktheit. Rot – Fort Mokka Dessert – ist die Farbe des Heiligen Geistes, der die Glut der Liebe entfacht und in Form von Feuerzungen erscheint, auch die Farbe des Leidens Christi, des Kreuzes und all derer, die auf dem Weg des Glaubens bis zum Blutvergießen gingen. Schwarz – John Players Stuyvesant – das ist Tod, Trauer, Leid und Versöhnung, aber auch Verachtung der Welt, Abweisung, Finsternis, die nur von übernatürlicher Helligkeit zerstreut werden kann. Grün – Fa Fresh Cream and Soap – ist die Farbe der Hoffnung, denn der smaragdgrüne Regenbogen erscheint in der Apokalypse als Zeichen der Barmherzigkeit des Gerichts. Und viele andere, denn es wird hier keine Tugend erwähnt, keinerlei Nuance. Das rechteckige Mandala steht im grauen Raum zwischen der düsteren Kneipe und dem Dorfplatz und erlaubt wie ein Fenster zur anderen Seite des Seins, ins Geheimnis der Zukunft zu blicken, die Lage zu bestimmen und den Weg zur Befreiung zu wählen.

Die alten Frauen und die Kinder stehen also vor der Karte einer neuen Welt, deren Kontinente nach den Bedürfnissen der einzelnen Körperteile, der Gelüste und Geschmäcker angeordnet sind. Hier herrschen eindeutige Farben. Für Phantasie ist kein Platz. Weder die Zeit noch das veränderliche Licht noch die Launen der Natur können dem etwas anhaben. Nicht ausgeschlossen, daß das neue Jerusalem schon auf dem Weg ist.

Das ist Władeks Werk. Als der Pfarrer in der Kirche sagte, es sei hart, aber man müsse eben, denn das sei der Preis für die Freiheit, der Preis für Polen, und der polnische Landwirt würde immer etc., da wehte Władek ein Wind an, der noch nie durch dieses Tal gekommen war. Er verkaufte alles, was er hatte, kaufte einen kleinen Syrena, mietete den Kiosk und begann in der Gegend von Rymanów, sich diese funkelnden Wunder zu beschaffen. Seine Frau verbrachte noch den halben Tag im Wald, als glaubte sie an den Sinn der monotonen Bewegungen und der verhärteten Hände, und die Kinder gingen in die Schule und wollten auf althergebrachte Weise die Welt erobern. Andere führten abends bei Tisch komplizierte Rechnungen durch – rechneten den Milchpreis in den Preis für Traktorbenzin um, den Benzinpreis in den Preis für Rinder, den für Rinder in den für Futter, den für Futter in Strom, Strom in Wolle, Wolle wieder in Milch – und so weiter ohne Ende. Und während dabei jedes Mal die Absurdität der Existenz herauskam – denn um die Existenz ging es schließlich –, zählte Władek nur seine Einnahmen oder belud das Auto für den nächsten Tag. Denn jetzt sollte nicht nur ein Dorf, sondern die ganze Umgebung den Geschmack von Marsriegeln kennenlernen. Und danach ein Bretterverschlag und ein Schild: »Gebrauchte ausländische Kleidung«, dann ein schicker Stand, Obst und Gemüse, noch ein paar Tische unter dem nackten Himmel und fünf Sorten Bier. Und in einer Ecke der Wohnung ein Regal: Verleih von Videokassetten.

Morgens steigt Władek in seiner Lederjacke in einen roten Fiat Kombi. Seine Frau in einem Jeansanzug in einen sechs Jahre alten Maluch. Sie brechen auf zu ihren Goldadern, zu ihrem Bonanza, zu ihrem Handel mit den Russen, um erst am Abend mit Ware oder guten Aussichten wiederzukommen. Vor Ort kümmern sich die Kinder um die Geschäfte, denn die Schule ist ein Anachronismus:

dieses fast überflüssige Polnisch und das langweilige theoretische Rechnen.

Władek also, der Besitzer dieses Altars – im Vergleich zu ihm ist der Küster, dieser Sonntagsarbeiter, ein fernes Abbild; seine Pastellfarben, flüchtig, unbeständig, welken wie Blumen und verblassen wie Bänder. Władek, ein Ariel unter Calibanen, hat eine jähe, unbekannte Brise aufgeschnappt, und seine Seele schwebt über dem Dorf, während alle anderen sich den alten, schweren, hoffnungslosen Beschäftigungen hingeben. Vierzig Jahre Winterschlaf im Zustand der Armut, um sich innerhalb von zwei Jahren in den Boten und Künder einer neuen globalen Religion zu verpuppen, die Widersprüche aufhebt, Streit abschafft und Wünsche konkretisiert. Was tut denn Solowjows Magier Apollonius anderes als die reinsten und hellsten Farben aus der Luft zu zaubern? Farben, die die Welt nie gesehen hat?

Die alten und jungen Frauen, die Kinder entfernen sich von den Auslagen. Schwer zu sagen, was sie denken, aber Veränderungen finden schließlich nicht im Denken statt. Sie betreffen eher die Gefühle, die Stellen, wo Verwunderung oder Begeisterung entstehen.

In den neuen geweißelten Häusern erscheint Władeks Schaufenster in Miniatur. Auf Kredenzen, auf Fernsehern, in glänzenden Schrankwänden stehen Reihen von leeren DAB-Bierdosen, Kartons von Maxim Brandy, Reihen von alten Packungen Wiener Gold, Orange Juice, leere Würfel, deren Inhalt nicht unbedingt gekostet wurde. Sie stehen ein Stück unterhalb der alten Ölbilder: der heilige Josef in Sepia, die Muttergottes in verblaßtem Blau, der Heilige Vater in Schwarzweiß.

Eine Maria, ein Josef, ein Papst, und darunter so eine Vielzahl, so eine Vielfalt . . .

Władek hat sich neulich einen Żuk gekauft, denn in dem Fiat brachte er all die Wunder nicht mehr unter.

Kruk, der Schmied

Es ist einfach, ihn zu treffen, denn seine Umtriebigkeit hat ihn, trotz der Pensionierung, nicht verlassen. Er geistert hier und da herum, in echten und eingebildeten Angelegenheiten, sein Gang ist etwas langsamer, aber wie früher setzt er einen Fuß vor den anderen: klapp, klapp, klapp, als würde er sich festsaugen, sich der grauen, ausgefahrenen Straße anpassen. Kleine Schritte, die Knie leicht gebeugt – wenn man das ganze Leben am Amboß steht, geht die Ökonomie in Fleisch und Blut über.

»Ein Bier, Herr Czesiek?«

»Gern, aber das nächste spendiere ich.«

Die Bank steht in der Sonne, die Schatten wandern, wie bei einer langsamen Reise. Auf dem schwarzen Schnurrbart von Kruk ist soviel Grau wie Glasur auf einem Berliner. Von den bauchigen Feldern rutscht der Schnee und kommt nicht so recht weiter.

»Nichts für ungut, aber diese neuen da, die sind nichts für mich.« Und er holt seine Schachtel Popularne raus, die ein paar Töne dunkler ist als das Blau seiner Augen. Die Kinder von der LPG umringen die Schaukel. Alles ringsum verfällt, nur die Schaukel geht immer höher hinauf; Kruk, der Schmied, guckt gegen die Sonne auf die fliegende Kinderschar, und sein Gesicht wird zum Spiegel ihres Lachens. Ein runzliger, unrasierter, aber getreuer Spiegel.

»Wissen Sie, letzte Woche war ich in Schlesien bei meinem Sohn . . .«

Es ist der letzte Augenblick für alle, die etwas zu erledigen haben, sich beeilen müssen oder sich vor der Dunkelheit fürchten.

»Ich bin mit dem um 6.40 Uhr gefahren. Ich steig ein, geb zehntausend, und der Fahrer guckt mich an, als wollte er noch was, und schließlich frag ich ihn. Und da schau her, es ist teurer geworden. Aber was sein muß, muß sein, ich nehm zweitausend raus, setz mich nach hinten, und los geht's. Oben auf dem Hügel, gleich hinter der Kapelle, stand Mankowski mit dem Traktor und bastelte an was rum, ein neuer Traktor, vor einem Monat gekauft, und schon funktioniert was nicht, alles nichts mehr wert, was die heute machen, und ich hab noch gesagt, er soll keinen russischen kaufen ...« Ein Zug an der Zigarette und ein Schluck aus der Flasche dauern so lange wie zwei Bushaltestellen.

»In Sękowa ist Romek eingestiegen, der, dem die Frau im Herbst gestorben ist. Ich hab sie gut gekannt, weil sie die Cousine von Maryśka war, wissen Sie, und Maryśka hat ganz in der Nähe von uns gewohnt und ist immer sonntags gekommen, und sie sind zusammen in die Kirche gegangen, über die kann man nichts sagen, eine anständige Frau, wenn sich ihre Töchter auch, mit Verlaub, rumtreiben. Aber heutzutage treiben sich ja alle rum, da sollte man vielleicht gar nicht so urteilen. Ja, Romek hat sich neben mich gesetzt. Der ist nur noch 'ne halbe Portion. Ich frag ihn, wo er hinfährt, und er sagt, nach Schweinen gucken, denn es war gerade Dienstag und Markt. Ich sag ihm, die Schweine sind jetzt nichts wert, darauf er, irgendwas muß man sich ja halten, denn so ganz ohne, das ist ja nichts. Jetzt ist er schon in Rente, aber früher hat er in Libusza beim Erdöl gearbeitet, und da hat man sogar was verdient, er hat 'nen Syrena gefahren. Mein

Schwiegersohn hat auch 'nen Syrena gehabt, ein gutes Auto, da kann man nichts sagen. Als im Winter der Bus mal nicht fahren konnte, kam der durch. Das war, als so 'n kalter Winter war, noch in den siebziger Jahren, später hat er ihn verkauft und sich einen kleinen Fiat angeschafft, aber das war nicht mehr das.«

Die Schaukel ist schon leer, die Kinder verschwunden, und die Flaschen sind auch leer, also steht Kruk auf, schlurft zum Laden, und man kann einen Moment aufatmen. Als er zurückkommt, ist der Bus schon in Gorlice, und der Schmied nimmt seine alte, schäbige Mappe, in der er seine Brote und ein sauberes Hemd zum Wechseln hat, und steigt aus.

»In bin nach Zawodzie, weil bis zum Zug noch Zeit war, und ich geh gern ein bißchen durch die Stadt, wissen Sie, es muß nicht oft sein, aber so einmal im Monat soll man schon unter die Leute. Ich bin also dahin gegangen, wo früher die Freibank für Pferdefleisch war, wo der alte Suchuś Fleisch gehackt hat. Wir waren nämlich aus dem gleichen Dorf, seinen Vater haben im Krieg die Deutschen erschossen, jetzt gibt's die Freibank dort nicht mehr, jetzt ändert sich ja alles so schnell, daß man nach 'ner Woche nichts wiedererkennt. Ich bin da lang gegangen, weil ich mir den Markt ansehen wollte, wissen Sie. Ich hab immer meine Freude am Markt, denn da ist alles wie früher, und wie ich über die Straße geh, kommt von Dukla her Kazek mit seinem Żuk, der, der früher bei uns geschafft hat und dann weggezogen ist, weil er eine Witwe geheiratet hat, und die hat in der Gegend von Żmigród ein Haus gehabt, und diesen Żuk, auch von ihrem verstorbenen Mann. Er hat mich sogar gesehen und gegrüßt, und man erzählt sich ja, daß er jetzt so ein feiner

Herr wär, dabei war er immer ein guter Kerl. Ich weiß noch genau, wie wir mal im Frühjahr zusammen Forellen geangelt haben, die meisten Fische gab's in dem Bach, wo...«

Nach Schlesien ist es noch über zweihundert Kilometer, also muß man das nächste Bier holen und in aller Ruhe zusehen, wie die Sonne hinter dem kahlen Bergrücken versinkt. Die Erde wird die über den Winter angesammelte Kälte los, und die Zigaretten schmecken nach frostigem Nebel. Noch über zweihundert Kilometer, aber dreißig haben wir schon hinter uns. Jetzt ein kleiner Spaziergang durch das morgendliche Städtchen: der Marktplatz am Fluß, Pferde, Kälber auf zweirädrigen Wagen, Ferkel in Käfigen, Bündel von Birkenbesen, Rechen aus Holz, weiß wie Knochen, nach Leder riechende Peitschen, Gegacker, Pferdeschädel, die in Futtersäcke tauchen. Józeks, Jasieks, Władeks, Jędreks – keiner entgeht dem Blick von Kruk, dem Schmied, und sein Geist macht keine Unterscheidungen, als steckte er in irgendeiner ursprünglichen Zeit, als die Substantive, Verben und Adjektive noch fest mit den Gegenständen, Ereignissen und Attributen verbunden waren, in einer Zeit, in der die Sprache nur das Abbild der Welt war und in völligem Einklang mit ihr lebte. Also noch irdene Blumentöpfe, die Erinnerung an die Kneipe »Zur Titte«, Säcke voller Weizen, bewegliche, piepsende, gelbe Bällchen von Küken, Geblöke, Handschlag und Wodka, vermischt mit dem Geruch von Pferdeschweiß, und dann auf die andere Seite des Flusses, über die Brücke – denn, wissen Sie, dort bei den Russen, da gibt's was zu sehen.

Die ärmlichen östlichen Autos biegen sich unter ihren Reichtümern. Kühlerhauben, Dächer, Kofferräume, bedeckt mit Teppichen, ganze Zeltreihen in der Betonwüste des Marktes. Samoware, Kristall, das Plastikgold von Rokokouhren mit Batterien, Dinge, nach deren Bestimmung man in einer Sprache fragen muß, die an eine panslawistische Groteske erinnert, Werkzeuge für jeden Zweck, geschmuggelte Zigaretten und Polyacrylpullis in Farben, die das Auge noch nie gesehen hat. Kruk, der Schmied, zählt all das auf, als würde er aus einem Katalog vorlesen, manche Dinge holen vergessene Gesichter und Erlebnisse aus seinem Gedächtnis hervor, also läßt er die Reisebeschreibung sein, um sich auf eine Seitenstraße zu begeben, und die Bewegung im Raum verwandelt sich in eine Wanderung durch die Zeit. Doch gleich kommt er wieder zurück und geht weiter, beim Gerichtsgebäude biegt er links ab, kauft am Kiosk Zigaretten, geht zum Bahnhof, direkt zum Schalter. Er verlangt eine Fahrkarte und wird mit der Kassiererin nicht einig, weil er eine Station nennt, die es ihrer Ansicht nach nicht gibt – »hat sie gesagt, dabei bin ich doch immer dorthin gefahren, na ja, schließlich hab ich nach Zabrze genommen, vielleicht weiß sie's ja besser, aber ausgestiegen bin ich trotzdem dort, wo ich immer aussteige.«

Und schon wird es dunkel. Man sitzt schlecht, muß ständig mit den Füßen stampfen, aus dem Mund kommt Dampf, und die Finger bitzeln vom Frost, aber jetzt ist Kruk an der Reihe, und um ihn nicht zu beleidigen, muß man die nächste eisige Flasche annehmen, denn die eigentliche Reise beginnt erst. Der Zug fährt an, dann ein- oder zweimal umsteigen, Stróże, Bobowa, Ciężkowice.

»In Bobowa ist einer gekommen und hat die Fahrkarten kontrolliert. Ich hab ihm meine gegeben, er hat sie durchgerissen und ist weitergegangen. Dann hab ich eine geraucht, es war ja ein Raucher-Waggon, wie es sein soll, danach wollte ich schlafen, da hab ich einen, der neben mir saß, gebeten, er soll mich in Tarnów wecken. Denn einmal, als ich zu meinem Sohn gefahren bin, nicht zu dem, zum älteren, als er eingezogen worden ist, da hab ich so gut geschlafen, daß ich an Rzeszów vorbeigefahren bin, er war nämlich in Rzeszów beim Militär, und erst in Przeworsk bin ich aufgewacht. Aber da kam grade ein Zug in die andere Richtung, und ich hab's noch geschafft. Vor Tarnów hat der Mann mich geweckt, ich bin ausgestiegen und hatte noch eine Stunde, da hab ich mir gedacht, ich esse was. Ich bin ins Restaurant gegangen, wissen Sie, wenn man reingeht, links, und hab mir eine Haxe bestellt, nichts geht über eine gute Haxe, und überhaupt geht nichts über Schweinefleisch, anderes Fleisch mag ich nicht besonders, und am besten ist es, wenn geschlachtet wird, nicht mal das Fleisch selber, aber die Wurst, Herr im Himmel, so 'ne Blutwurst, wenn die noch heiß ist. Bei uns während der Okkupation . . .«

Trotz der Kälte verschafft Kruk sich keine Bewegung, versucht nicht, die Drillichjacke zuzuknöpfen. Er spinnt seine Geschichte weiter und paßt auf, daß er nichts ausläßt, denn alles hat seine Bedeutung, alles seinen richtigen Platz in der Erzählung, ganz so, als wären Erinnerung und Sprache Gaben, die man nicht vergeuden darf. Nicht der kleinste Tropfen wird übergangen. Im ersterbenden Tageslicht kann man sehen, wie sich auf den Oberflächen der Pfützen matte Verschlüsse bilden. Das Wasser wird fest, verliert seinen Glanz, und Kruks Stimme klingt monoton wie das Rattern der Waggons. Hier läßt sich nichts überspringen und nichts beschleunigen. Unterwegs kommt Krakau mit seinem Bahnhof, da kommt das Bummeln entlang der Stände, und zum Verschnaufen muß man in ein Zeittürchen huschen – »wissen Sie, als ich das letzte Mal in Krakau war« – und dann wieder der Raum, umsteigen, Kohlenhalden, brennende Schornsteine, die Schachträder, alles, was wahrgenommen wird, muß auch erzählt werden, und die Größe und Langeweile dieser Erzählung gleicht der Größe und Langeweile aller Don Quichottes der Literatur, aller Tolstojs, aller Prousts mitsamt den Joycens, und in dem Moment, da sein Gesicht kaum mehr zu sehen ist, geht irgendwo in der Dunkelheit ein Fenster auf, und eine Frauenstimme ruft: »Czesiek, Czesiek, komm endlich rein!«

Czesiek seufzt: »Na, da sehen Sie's«, wirft die Kippe weg, sammelt die leeren Flaschen ein, bringt sie in den Laden, kommt zurück und sagt: »Den Rest erzähl ich Ihnen das nächste Mal.«

Janek

Janek ist blond, einer von der kurzstämmigen Sorte, bei der Muskeln und Adern eines großgewachsenen Mannes geschrumpft, eingegangen sind, ohne etwas von ihrer Kraft verloren zu haben. Er erinnert an einen Waldgeist – dichtem Gestrüpp, entwurzelten Bäumen und chaotischen, verworrenen Gehölzen nachempfunden. Seine Hose schleift über die Erde, die Absätze sind abgewetzt von dem schnellen Charlie-Chaplin-Gang. Es wird ewig ein Geheimnis bleiben, woher er diese Jacken hat, die immer zu klein sind. Aber vielleicht ist es ja auch eine einstudierte Eleganz, dank deren die schwere russische Uhr nie unter dem Ärmel verschwindet.

Doch Janek lebt nach der Sonnenuhr, deren Anpassungsfähigkeit seiner im Kosmos verankerten Natur mehr entspricht. Wenn die Mittagsschatten beunruhigend kurz werden, zieht Janek die feuchte Luft durch die Nüstern und schaut, wie das Weiß des Abhangs dunklere Töne annimmt, gebrochen wird und sich schließlich in die aufgelöste, morsche Materie verwandelt, unter der das verfaulte Gras vom letzten Jahr durchschimmert.

Dann ist irgendein Morgen, vielleicht Montag, vielleicht Donnerstag, schwer zu unterscheiden, denn der gestrige Tag ist, wie immer, dem Gedächtnis entwischt, und das heutige Händezittern ist kein bißchen anders als das vor einer Woche. Aber heute ist Janek beschäftigt und geht nicht wie sonst auf ein Bier, mit dem alles anfängt, sondern er betritt den hölzernen Schuppen, öffnet sperrangelweit das Tor und betrachtet kritisch sein Gefährt:

grau, verrostet, verbogen – wie er selbst. Es hat nichts von der Überheblichkeit und Arroganz der modernen Maschinen. Wenn es in den Wald fährt, verschwindet es sofort, geht ins Chaos der Natur ein, seine unregelmäßigen Formen, seine Holprigkeit und Bescheidenheit bewirken, daß die Landschaft es als ihr Erzeugnis annimmt, als ihr Kind – gleichgestellt mit Sandsteinbrocken, bemoosten Baumstümpfen und den übrigen Wohltaten der Natur.

Drei Zylinder, vier Liter Fassungsvermögen, zwei Raupen, eine Ölwanne von der Größe eines Badewännchens, ein Getriebe wie eine Kommode, und das ist eigentlich alles. Ein Raupenschlepper der Artillerie aus dem Zweiten Weltkrieg. Janek geht um ihn herum, brummt irgendwelche Flüche vor sich hin, sicher die gleichen wie immer, sieht sich den eingedrückten Kühler an, den Dreck vom vorigen Jahr, das Knäuel der Seile auf der Motorwinde, die drei toten Armaturen, danach schaut er in den Tank, prüft das Dieselöl und schüttelt ungläubig den Kopf. Dann nimmt er die Kurbel und versucht, den Motor in Gang zu kriegen. Es geht schwer, also schmeißt er ein Knäuel Lappen unter die Ölwanne, begießt es mit Öl und zündet es an. Nach einer halben Stunde kommt er zurück. Von dem Feuer ist nichts übrig, der ganze Schuppen stinkt, aber die Alteisenmasse hat sich um ein paar Grad erwärmt. Jetzt nimmt Janek den Luftfilter ab, wikkelt das herausstehende Rohr in alte Unterhosen ein, begießt es, zündet es an und ruft seinen Sohn, damit er das Ventil schließt, wenn es nötig ist. Der Sohn kommt, krempelt die türkische Jeansjacke bis zu den Ellbogen hoch und taucht ohne große Überzeugung den Arm in den Bauch des Fahrzeugs.

Janek saugt mit einer kleinen Pumpe Diesel an, macht sich an die Kurbel und beginnt langsam, träge wie eine Schildkröte, die Eingeweide des Motors zu bewegen, und als alle Kolben, die Kurbelwelle und das Schwungrad in Fahrt kommen, schreit er: »Zumachen!« Der Motor macht »tuck« und bleibt stehen.

Nach einer halben Stunde sind beide verschwitzt und bis aufs Unterhemd ausgezogen. Bei der tausendsten Drehung der Kurbel macht die Maschine »tuck tuck«, überlegt einen Moment und spuckt dann durch den Auspuff eine pechschwarze Wolke von Abgasen, Ruß und Funken aus und fällt in ein monotones, gleichmäßiges »tuck tuck tuck tuck«.

Unter der Hülle des Kobolds strömt die dunkle Essenz des Nomaden. Verdünnt von Alkohol, vom Blut der hier ansässigen Generationen und der Hoffnungslosigkeit des geschlossenen Horizonts, wo die Sonne hinter dem mit Windeln und Weiberstoffen behängten Zaun aufgeht. Die Häuser sind vom Gebrüll der Kinder erfüllt. Es ist noch kein Hungergeschrei, aber keiner weiß, was die Zukunft bringen wird. Ihre Frühlingsgestalt wird den Verfall entblößen, die Greise werden, wie immer, sterben, und der weichende Schnee enthüllt die langsame Gangrän der Felder, Gebäude, emsig angehäuften Dinge, deren Stapel faulen, sich zur Seite neigen, um zu fallen und sich erneut in träge, schwerfällige Erde zu verwandeln.

Janek könnte, wie jeden Tag, um die blattlosen Stachelbeersträucher herumgehen, vorbei am Weißdorngestrüpp, wo unruhige Grüppchen von Seidenschwänzen sich mit den letzten mickrigen, schwarzen Beeren abmühen, und könnte dann über die Landstraße den Hügel er-

klimmen, um Atem zu schöpfen, zwischen diesen rüh-
renden und scheußlichen Betonträumen vom Reich-
tum – zwischen den verlotterten, zusammengepferchten,
nicht fertiggestellten Häusern. Er könnte beim Holzge-
bäude der Polizeiwache bergab gehen, links abbiegen und
die Tür zur Bar aufstoßen. Aus der Dunkelheit des Klos
läuft den Gästen ein dünner Strahl entgegen. Die einen
schreiten gleichgültig darüber hinweg, andere markieren
eine Spur bis zum Büffet und tragen den ältesten Gestank
der Menschheit zwischen die Flaschen des Napoleon,
Cinzano und des nachgemachten holländischen Whiskys.
Sie sind mit Staub bedeckt. Die Männer heften die Augen
auf sie, wenn die Blicke so sehr zu schwanken beginnen,
daß sie im gesamten verfügbaren Raum umherkreisen
und keinen Unterschied machen zwischen den Gesichtern der Bekannten, dem fernen Fenster, den Spitzen der
Gummistiefel und der in den Fingern verglühenden Zigarette. Abends um sechs rollt sich der Kosmos im
Aschenbecher zusammen wie eine Schlange, die sich in
den Schwanz beißt, und nur der Schrei der Kellnerin oder
der Stups des Kumpels reißt diesen oder jenen aus seiner
mystischen Kontemplation. Der Napoleon, der Whisky
und der Cinzano schlafen auf dem obersten Regal, irreal
in ihrer Schönheit und unerreichbar wie Frauen aus ame-
rikanischen Filmen. Die Männer stecken bei ihrem Auf-
stieg zum höheren Sein immer noch auf der Stufe ihrer
Vorfahren, auf dem untersten Regal, wo bereit und entsi-
chert die Flaschen mit klarem Wodka und Obstwein stehen. Ein sicheres und bekanntes Vermächtnis, Grenze des
väterlichen Erbes, Taufe, sonntägliche Messe und Friedhof.

Janek könnte also wie immer in dieses stinkige Fegefeuer gehen, in dieses Vorzimmer des morgigen Tages, mit irgend jemandem ein Gespräch über alles und jeden anfangen und warten, bis jemand – gelangweilt vom Schlürfen des trüben Biers – eine Flasche Wodka bestellt, den Erzählstrom belebt und ihn auf die entferntesten Erinnerungen oder ins verschwommene Hochwassergebiet des Morgen lenkt. Aber Janek klettert auf den mit Wachstuch bezogenen Sitz, tritt auf die Kupplung und rollt rückwärts auf den Hof, dann umwickelt er das Dieselfaß mit einem Stahlseil, zieht an der Motorwinde, und schon hängt das Faß knapp unter seinem Hintern.

»Frau! Ich fahr jetzt!« Und schon will er fahren, aber die Frau rennt die Treppe herunter wie vom Blitz gerührt, als hätte sie die ganze Zeit mit bis zum Gehtnichtmehr angespannter Stimme hinter der Tür gelauert, und läßt eine Litanei von Weibergeschrei los, eher Flehen als Fluchen, was fällt dir denn jetzt wieder ein, du wolltest doch erst in einer Woche, und ich bin wieder allein hier mit den Kühen, mit den Kindern...

Darauf gibt er intuitiv Gas, die Maschine schützt ihn mit ihrem Lärm vor dem Gezeter der Frau, die Raupen wühlen ungeduldig in der Erde, wie die Hufeisen eines auf der Stelle tretenden Pferdes, und schließlich wirft sie ihm, in einer Mischung aus Weinen und Schimpfen, eine Tasche mit Essen hinterher, bekreuzigt sich zum Abschied und sieht zu, wie das Fahrzeug die Stachelbeeren streift und Richtung Asphalt kriecht.

Es sind nur zwanzig Kilometer, aber wenn jetzt Mittag ist, kommt Janek erst in der Dämmerung an. Er zieht die Mütze über die Ohren, knöpft sich die wattierte Jacke unterm Kinn zu und verläßt sein Dorf, diesen lärmenden

Staat von Frauen und Kindern – und des Zufalls, der nach einiger Zeit unmerklich zum Gesetz wird, und dann braucht man viel Kraft und Unbekümmertheit, um sich zu befreien und für ein paar Monate im Wald zu verschwinden.

Am Rande der Landstraße rollend, mit der rechten Raupe den noch nicht getauten Schnee durchpflügend, findet er schließlich eine Schneise oder einen alten Holzfällerweg und büchst nach rechts aus, um auf den flachen Bergrücken zu kommen und statt einen Bogen zu machen quer durchfahren zu können.

Er muß es schaffen, bevor es dunkel wird. Unterwegs trifft er niemanden, er fährt durch fünf Bäche, und als es dämmert, erreicht er mitten im Wald, am Ende eines rätselhaften Weges eine Siedlung aus drei Baracken.

Wenn gerade Montag ist, treffen die Männer erst ein, paradieren in ihren Sonntagsanzügen, in einer Garderobe voller Abzeichen, Embleme und Aufschriften, die zu entziffern sie nie versucht haben, weil sie sie für ein Zeichen der Eleganz halten. Erst am Abend wandern die türkischen, chinesischen, thailändischen und sonstigen Kleider in Schränke, auf Bügel und auf Regale, ausgelegt mit Zeitungen, die voll sind von Meldungen der Londoner Börse und der Salons der Hauptstadt. »Ich hätte sie aufhängen können, dann wär sie getrocknet«, sagt einer zu seiner Drillichhose und zieht den säuerlichen Gestank ein. »Setz dich doch in der Unterhose hin, dann ist sie morgen trocken.« Morgen, wenn sie aus dem Wald zurück sind, haben die Anzüge ihre lebendigen Gerüche wieder. Die von den Retorten bringen Brandgeruch mit, den Geruch von Holzkohle, das schwere, süßliche Aroma von Buchenrauch. Die vom Fällen – eine unnachahmliche Mischung aus Harz und Benzinabgasen. Die von den Treckern kommen in einer Wolke aus Öl, Schmiere und überhitztem, verschlissenem Metall. Die verschiedenen Auren verbindet der Geruch von Schweiß. Aber das kommt erst morgen. Jetzt zittern in der warmen Luft Tröpfchen von Kölnischwasser wie eine Erinnerung an die ermüdenden Vergnügungen des Wochenendes.

Janek belegt sein altes Eisenbett neben dem Ofen. Er döst, raucht eine Popularne, lauscht den Gesprächen und den Fernsehgeräuschen hinter der Wand, und schließlich schläft er ein. So übersteht er die Zeit bis zum Morgen. Wenn die schwarzen Fenster dunkelblau werden, wenn das Licht des Tagesanbruchs ihre Durchsichtigkeit und ihren Schmutz enthüllt, wecken die Männer einander und stehen auf, mit den gleichen Flüchen, die schon ihre Väter brummten. Kaltes Essen, dann wie immer der Marsch bergauf, in die letzten Wolken der Nacht, die irgendwo in den Winkeln des Waldes versteckt sind. Um zu dem Platz fürs Fällen zu kommen, muß man in eine tiefe Schlucht hinabsteigen und dann eine halbe Stunde nach oben, auf einem ausgetretenen Weg im matschigen, nassen Schnee, zuerst durch ein Kiefernwäldchen, dann durch einen Wald von Tannen, besser gesagt von Vogelscheuchen, morschen Kolossen, denn die anderen sind schon lange gefällt.

Aus den Taschen gucken mit Tee gefüllte Coca-Cola-Flaschen. Beladen mit Benzinkannen, mit Sägen und Äxten, bepackt mit all den Sachen, die man zur Arbeit und zum Überleben braucht, wie Konserven und Brot, kriechen sie dahin wie antarktische Ameisen. Immer werden sie den Berg hinauf oder ins Tal irgendeines vergänglichen Königreichs hinabsteigen auf der Suche nach Holz, Erz,

Stein, nach all diesen elementaren, schweren, formlosen Dingen, die ihnen selbst ähneln. Nachfahren des zweiten Sohns Noahs, die sich ihrer Herkunft nicht bewußt sind, verwickelt nur in die Erinnerungen des Vaters und Großvaters – was die Augen nicht sehen, kann das Gedächtnis nicht behalten.

Wenn sich beim Fällen genug Holz gesammelt hat, wirft Janek seine Maschine an, macht den zweirädrigen Anhänger dran und fährt nach oben, auf nur ihm bekannten Wegen, durch Schluchten, über Steilhänge, wo man selbst zu Fuß schwer durchkommt. Aber im Lauf von zwanzig Jahren kann man lernen, wo die Grenze zwischen Risiko und Selbstmord verläuft. Er lädt ein paar Tonnen von den gleichmäßigen Meterklötzen ein und fährt runter, wobei er nach festem Boden und günstigen Böschungen sucht. Manchmal mäht er um, was ihm in den Weg kommt, damit er durchpaßt. Wie ein senkrechtes Pendel wird er ständig diesen Weg wiederholen, bis zum Abend, dann am nächsten und am übernächsten Tag, und er wird spüren, wie die im Winter erschlafften Muskeln fest werden, während sie dies Dutzend einstudierter Bewegungen und Anspannungen wiederfinden. So wird es einen Monat lang sein oder etwas kürzer, bis zum nächsten Zahltag, wenn die Zeit stillsteht, um nach einigen Tagen wieder loszulegen. Die Männer werden am gleichen Ort aufwachen und nüchtern werden, am Ort der Anstrengung. Denn das Leben ist kreisförmig, dreht sich ständig, und selbst wenn jemand sich losreißt, tritt sofort ein anderer an seine Stelle.

Einmal im Monat wird Janek in seinem Dorf auftauchen, vorbeihuschen und ein paar Groschen zu Hause lassen, den Rest nimmt er in die Kneipe mit, die jetzt kein Attribut der Alltäglichkeit mehr, sondern etwas Festliches ist. Endlich kann man sich setzen, den Körper in Ruhe lassen. Die Muskeln lockern sich, die Zunge ebenfalls, schließlich der Geist, und alles zielt auf Unbewegtheit ab, auf die endgültige Form der Erholung. »Wir lagen schon da, als die Polizei kam. Einer auf der Treppe, die übrigen mittendrin, wo sie hingefallen waren. Ein Verfahren haben sie uns angehängt, von wegen große Verluste und so weiter. Die paar Gläser, die Stühle sind aus Eisen, nicht kaputt zu kriegen, die Scheiben waren ganz. Abhauen? Darauf hatte keiner Bock. Weder die Arme noch die Beine hätten mitgemacht. Es war der dritte Tag.«

Wenn das Geld ausgeht, fängt alles von vorne an. Dann wird schon Frühling sein, die Tage sind länger, es gibt noch mehr Arbeit, mehr Tonnen, die auf dem Rücken transportiert, aufgeladen, abgeladen werden, einen Berg bis zum Himmel könnte man aus dem Holz all der Jahre errichten, einen hölzernen Turm zu Babel, aber die Sünde der Überheblichkeit ist Janek fremd. Er will lediglich, daß alles genau notiert und bezahlt wird. Womit sollte man sich brüsten, da doch Mühe und Dreck gerecht verteilt sind und jeder sich nimmt, soviel er kriegt? Na ja, manchmal ist er stolz, wie damals, als er mit seinem Bock, wie er sagt, auf Raupen in die Kneipe gefahren ist, die Leute sich an die Köpfe griffen, die Weiber kreischten, und er nach zehn Stufen einfach in die Tür, und sicher hätte er sein Bier an der Bar getrunken, aber es war ein bißchen zu eng, er blieb im Rahmen stecken, und ein paar Geistesgegenwärtige zogen ihn vom Traktor. Dieser Kosakenstolz also. Schließlich ist dies ein Männerstaat, die paar Baracken im Wald sind ein bißchen wie ein Lager der Saporoger Kosaken, Frauen haben keinen Zugang, wenn sie auch manchmal am Zahltag erscheinen, um die Hand aufs Geld zu legen. Frauenstaat, Männerstaat. Typen in billigen Anzügen mit Aktentaschen auf Dienstreise, Klubmitglieder, Matrosen, Gangster, Arbeiterwohnheime, Kosakenlager...

Aber eines Frühjahrs erscheint Janek nicht mehr. Er besteigt eine Fähre und fährt nach Schweden, um es zu erobern, wie die Hajdamaken mit ihren Kähnen Carogród eroberten. Nach einem halben Jahr kehrt er mit der Beute zurück. Jeansanzüge, voll mit Aufdrucken und glänzenden Verzierungen, ein schönes Hemd mit grünen Palmen und goldenen Papageien, an den Füßen weiße Adidas. In der Kneipe gibt er einen aus und sagt: »Im Wald geh ich jetzt nur noch spazieren.« Dann fährt er wieder aufs Meer.

Der Ort

Sie waren ganz schnell fertig. In zwei Monaten. Zurück blieb ein Rechteck aus grauer, lehmiger Erde. In dieser waldigen, menschenleeren Gegend sieht diese Blöße aus wie ein Stück abgerissene Haut. Nächstes Jahr wird hier seit zweihundert Jahren zum ersten Mal wieder Gras wachsen. Oder eher Brennesseln – sie erscheinen am schnellsten an Orten, die von den Menschen verlassen wurden.

»Was war hier?« fragte mich ein Mann. Er trug einen Rucksack, hatte eine Karte in der Hand, um den Hals einen Fotoapparat.

»Eine orthodoxe Kirche«, erwiderte ich.

»Und was ist passiert?«

»Nichts. Sie haben sie ins Museum gebracht.«

»Die ganze Kirche?«

»Ja, aber stückweise.«

Er ging auf den ausgetretenen Platz und sah sich um, als suchte er Wände und Gewölbe. Dann fand er einen Sonnenfleck, der den Chorraum umfaßte, und knipste mit seiner Praktica.

»Schade«, sagte er.

»Ja«, brummte ich.

Viele Male habe ich versucht, mir den Anfang vorzustellen.

Giacomo Casanova lag auf dem Schloß in Dux im Sterben. Dreißigtausend Donkosaken marschierten nach Indien. Ludwig XVI., noch nichts ahnend, konstruierte seine letzten Schlösser. All diese Daten stehen genau fest, den Raum zwischen ihnen füllen Beschreibungen, wenn irgendwelche Spalten oder Risse übrig sind, werden sie mit erfinderischen Hypothesen oder Poesie zugekleistert.

Doch in diesem Fall ist das Datum nicht sicher. Es wurde nirgends notiert, als würden die beiden hier existierenden Kalender, der Gregorianische und der Julianische, sich gegenseitig aufheben und damit die Ereignisse in der adjektivlosen Zeit ansiedeln.

Im Gras liegen Reste einer morschen Schindel. Die darin steckenden Nägel haben eine heute nicht mehr übliche, quadratische Form. Nicht ausgeschlossen, daß sie, jeder einzeln, in der Schmiede eines Zigeuners geschmiedet wurden, oder einfach an Ort und Stelle, wie man sie für die Befestigung des Daches brauchte.

Diese adjektivlose Zeit ist verlockend. Das Bedürfnis nach Ordnung, Namen, Wirkung und Ursache gilt auch für die Phantasie. Hier entspringen alle erfundenen Geschichten, an die wir mit der Zeit glauben. Vielleicht können Imagination und Glaube nicht ohne einander existieren, weil sie einen gemeinsamen Kern haben – sie brauchen keinen Beweis.

Aller Wahrscheinlichkeit nach hat alles im Winter begonnen. Da hat man die meiste Zeit, und der Transport ist relativ leicht. Wenn die Waldgrenze damals ähnlich verlief wie heute, dann waren die nächsten Tannen einen Kilometer weiter, ein Stück höher. Man mußte die besten finden – dick, gerade, an sonnigen Plätzen wachsend. Und sie fällen.

Als ich die schiefen Säulen betrachtete, die das tragende Skelett des Gotteshauses bildeten, vermittelte ihre Dicke mir einen Begriff von der Mächtigkeit des früheren Waldes. Einige der zum Bau verwendeten Bäume mußten unten fast einen Meter Durchmesser haben. Man hatte Handsägen benutzt. Zwei Männer sägten einen ganzen Tag an einem Baum. Sie sägten, schlugen Holzkeile ein, zogen sich aus bis auf die Unterhemden, aus denen es bei Frost dampfte. Die letzten Augenblicke waren voller Unruhe. Sie horchten auf das Knacken, mit dem die Fasern reißen, wenn der Baum langsam zu fallen beginnt. Dann das Abhacken der dickeren Zweige und Äste, und man konnte die Pferde an den silbergrauen Stamm spannen. Sicher riß manchmal das Geschirr, die Ketten barsten. Bis man über entwurzelte Bäume, schneeverwehte Mulden und vermodernde Stämme an den Waldrand gelangte, dampften die Rücken der Pferde genauso wie eine Stunde zuvor die der Menschen. An den Abhängen war die Sache schon einfacher. Wenn hier vorher andere Gespanne vorbeigekommen waren, war im Schnee eine tiefe Rinne ausgehöhlt. Fünfzig, hundert oder mehr Bäume? Jedenfalls viel für ein Dorf, das vielleicht zwanzig Hütten zählte. An manchen Stellen versanken die Pferde bis zum Bauch.

Wenn ich mit alten Leuten rede, sagen sie, daß in ihrer Jugend die Winter noch Winter waren und die Sommer heißer. Je weiter das Bild in die Vergangenheit reicht, desto mehr gleichen seine Farben, Formen und Ereignisse Allegorien und Symbolen. Zwei dunkle Pferdegestalten klettern einen Abhang hinauf, hinter ihnen die kleine Figur eines Menschen. Ihre Schritte sind gleichermaßen müde. Der Mensch hat bestimmt einen Namen: Wasyl, Iwan, vielleicht Semen. Der Marsch gleicht einer Schufterei in weißer Ewigkeit. Die Anstrengung ist absurd, denn der vom Wind getriebene Schnee verweht die tiefen Spuren schnell. Der Rückweg wird etwas von Flucht oder Jagd an sich haben, zumindest etwas von Kampf. Während sie die Kurven nehmen, setzen die Pferde sich auf den Hintern, durch die Zügel gehalten, beschleunigt von der Schräge, fliehen sie vor der Masse des Holzes, das zeitweise Eigenschaften eines lebendigen Wesens annimmt – es wird beweglich, schnell, gefährlich. Fontänen von Pulverschnee, Schaum, die Laute sind gedämpft, die Schreie reißt der Wind mit, als würde das Ganze sich nicht auf der Erde, sondern auf dem Meer abspielen, in einem chaotischen, tückischen Element, aus dem man sich losreißen muß, um sich auf den Grund des Tals durchzuschlagen, zwischen ein paar alte Eichen. Die von den Pferden geschleppten, nebeneinander liegenden Stämme sehen aus wie ein Floß.

Ich hatte den Eindruck, daß der Mann, sicher zufällig, den Raum fotografierte, wo sich früher die Ikonostase befunden hatte. Jetzt war er von allen Formen entleert, aber von Licht erfüllt. Wie immer vor Sonnenuntergang. An schönen Herbstnachmittagen befand sich die Sonne gegenüber dem Eingang. Man mußte nur das Tor öffnen, und das Licht ergoß sich ins Innere. Eine helle Welle strömte durch das modrig riechende Schiff, fegte eilig die abblätternden, mit polychromen Darstellungen bedeckten Wände ab und brach sich an der Ikonostase. In diesen paar Minuten gewannen das matte Gold der Schnitzerei und die verblaßten Farben der Ikonen ihren ursprünglichen, übernatürlichen Glanz wieder, der die Vorstellung und Sehnsucht der ländlichen Künstler beflügelt hatte. Es war nur ein kurzer Moment. Die Sonne verschwand hinter dem grasbewachsenen Hügel, und in die Kirche kehrte Dämmerung ein. Das Gesicht des heiligen Dymitr wurde dunkel, wurde wieder menschlich, der nackte Leib Adams nahm den graubraunen Ton von Lehm an.

Das war wie ein verstohlener Blick auf die andere Seite. Die Wirklichkeit brach auf, und gleich darauf verschloß sie sich wieder, kein Spalt war zu sehen, der Holzwurm nahm seine Arbeit wieder auf, Mäuse und Schimmel taten das ihre. Der Mann blickte durch den Sucher auf einen Stapel verfaulter Bretter.

»Werden sie sie wieder zusammenbauen?«

»Ich weiß nicht. Sie haben es vor«, erwiderte ich.

Der Winter endet hier spät. Noch im April gibt es Schnee und in den Nächten Frost. Dem Frühling geht eine sumpfige Zeit voran, in der die Farben sich ständig mischen. Weiß kämpft mit Schwarz, mit Grau, mit dem ersten Grün. Hänge und Täler ändern laufend ihr Aussehen. Was die Sonne schmilzt, erobern nächtliche Schneegestöber zurück.

Also haben sie wahrscheinlich im Schlamm angefangen, im unsicheren vierten Aggregatzustand haben sie die Grundsteine gelegt, die den Umriß von Vorhof, Schiff und Chorraum bestimmten. Das Fundament war aus Lärchenholz. Dieses schwere, klebrige, harzgetränkte Holz widersteht Hunderte von Jahren dem Wetter. Die Stämme wurden mit Äxten behauen, damit sie quadratische oder rechteckige Form bekamen. Eine langwierige Arbeit, wenn man berücksichtigt, daß die einzelnen Kränze des Grundstocks ideal ineinander paßten. In der schmutzigen Vorfrühlingslandschaft sah das Holz hell, fast weiß aus. An warmen und windstillen Tagen war die Luft mit balsamischen Düften gesättigt, als würde die Materialisierung des Gotteshauses alle Sinne einbeziehen. Das vom Echo vervielfältigte Klopfen der Werkzeuge prallte gegen das Tal, bis es einen Ausgang fand oder in der Leere des Himmels verschwand. Der hohe Ton der Sägen, der Aufschlag der Äxte, die den Verbund der Ecksteine schufen, die Befehle und Flüche der Meister, wenn der nächste Balken zum Bearbeiten herangeschleppt wurde.

Im Herbst war sicher alles vorüber. Die letzten Schindeln wurden festgenagelt. Die Form hatte sich geschlossen. Innen legte man den Fußboden. Ein Fragment der Welt war aus der Welt herausgenommen und in ein anderes Gebiet gebracht worden. Wie der Prophet Elias auf der linken Seite der Ikonostase.

Das am wenigsten Faszinierende an Kirchen sind Bilder und Gegenstände. Zu sehr erinnern sie an die übrige Wirklichkeit. Sie versuchen sich von ihr loszureißen, fallen wieder in sie zurück und beweisen so die Vergeblichkeit aller Anstrengung. Die in dem großen Körper verschlossene Luft dagegen, der durch Gewölbe, Wände und architektonische Details geformte Raum sind eine vollkommene Abbildung der Sehnsucht. Man kann eintreten, die Berührung auf der Haut spüren, doch alles rinnt zwischen den Fingern durch, man kann es in den Lungen behalten, aber nur für einen Augenblick.

Als vor kurzem die Grenze nach Osten geöffnet wurde, kamen die Nachfahren der Erbauer hierher, die vor fünfzig Jahren gewaltsam oder heimtückisch aus ihrem Heimatdorf ausgesiedelt worden waren. Alte Frauen traten über die Schwelle der Kirche, gingen ins Schiff, knieten auf dem lehmigen Grund nieder, denn den Fußboden gab es schon lange nicht mehr, bekreuzigten und verneigten sich. Vor wem? Der Altar stand schief, an die Wand gelehnt, von Schönheit keine Spur. Das Tabernakel mit den herausgerissenen Türchen sah aus wie eine vergammelte Kiste. Von den wichtigsten Ikonen – von Christus, der Muttergottes, dem heiligen Nikolaus – fehlten Teile. Andere, am oberen Teil der Ikonostase, gingen in der Dunkelheit unter, von Feuchtigkeit aufgebläht, kaum zu erkennen. Der Geruch des Innenraums war der eines Kellers. Doch die Frauen knieten.

Oder der alte Mann, den seine einige Kilometer entfernt wohnende Familie hierherbrachte. Aufrecht saß er auf einem Stuhl, der in einem gewöhnlichen Bauernwagen stand. Ich dachte, man würde ihn aus Ehrerbietung so feierlich transportieren. Doch zwei Männer mußten ihn herunterheben und mit dem Stuhl in die Kirche tragen. Er war gelähmt. Sein neunzigjähriger Geist aber war klar geblieben.

»Ich war in Sibirien, mein Herr, ich war in Kasachstan und habe Mohammedaner gesehen, ich war in der Mongolei und habe Buddhisten gesehen. Ich habe auch Russen gesehen, die ihr ganzes Leben an nichts glaubten. Mein Vater hat 1895 geholfen, das Dach umzubauen. Sie haben die Schindeln mit Blech bedeckt. Und später wurde ich hier getauft.«

Ich ging neben dem Wagen her, und der alte Mann zeigte mir die Stellen, wo die Häuser gestanden hatten, nannte Namen, erzählte von irgendwelchen Ereignissen. Er fuhr durch das Dorf, das in seiner Erinnerung existierte. Weder Zeit noch Feuer noch Vergänglichkeit konnten ihr etwas anhaben. Am Schluß, zum Abschied, lächelte er ein wenig schelmisch. Sein Gesicht sah aus wie ein vom Frost geschädigter Apfel. Und mit einem fast fröhlichen Blitzen in den Augen sagte er:

»Na, jetzt könnte ich eigentlich sterben.«

Manchmal ging ich über die schmale Treppe aufs Dach. Man mußte sich vorsichtig bewegen, nur über die tragenden Balken, denn die Bretter der Decke hielten kaum. Der Dachstuhl, das hohe Gebälk des Glockenturms – alles ohne einen einzigen Nagel verbunden, verfugt, mit Holzstiften und Zapfen – erinnerten an das Innere eines alten Segelschiffs. Wenn Südwind war, hörte man ein monotones Knarren. Das Skelett arbeitete. Es nahm die Schläge des Windes entgegen, bog sich unmerklich; immer noch hart und elastisch, sorgte es für die Unantastbarkeit des in ihm verschlossenen Raums.

An der Stelle, wo früher die Glocken hingen, nistete ein Kauz. Sein nächtliches Geschrei stellte die Realität des Gotteshauses in Frage. In klaren Mondnächten zeichneten die Kuppeln sich deutlich am Himmel ab. Über den Kronen der Eichen und Eschen thronten schmiedeeiserne Kreuze, doch die Stille des menschenleeren Tals, die Reglosigkeit und Dunkelheit ließen die Materie der Bäume und Kreuze identisch erscheinen. Ganz so, als wäre die Kirche wieder einverleibt worden von der Natur, der sie zweihundert Jahre zuvor abgewonnen worden war.

»Das wäre schön«, sagte der Mann mit dem Fotoapparat. Er wollte noch ein Bild machen, aber die Sonne ging gerade unter.

Aber ich war mir noch nicht sicher. Immer wieder kehrte ich zum Anfang zurück und verfolgte die langsame Kletterei der Bauarbeiter. Von der Weihung des Bodens bis zu der riskanten Operation der Befestigung der bauchigen Türme auf den steilen Dächern. Und dann mußten bestimmt Jahrzehnte vergehen, bis der Innenraum würdig und feierlich aussah. Es war etwas Rührendes an den plumpen polychromen Malereien, die Steingesimse, Säulen und Pfeiler nachbildeten – eine ferne Erinnerung an die Tempel Jerusalems und Konstantinopels, vielleicht die Vorstellung eines neuen Jerusalems.

Mit der Zeit begann die verlassene Kirche sich zur Seite zu neigen. Die Feuchtigkeit hatte die nördlichen Grundbalken angefressen. Zwischen den Balken zeichneten sich Risse ab. Unter der dünnen Schicht des Kalkputzes schimmerte Moder durch, feiner, goldener Staub. Das ist ein Zeichen, daß die Vergänglichkeit siegt, dachte ich. Aber es waren ja lebendige Bakterien, Milben und Insekten, die den fiktiven Marmor bezwangen.

Erst die Denkmalschützer brachten den Geruch des Todes mit. Mit Hilfe von scharf und unangenehm riechenden Chemikalien hielten sie den Zerfall auf. In der Augusthitze stank es wie in einem Krankenhaus. Dann wickelten sie die Balken in besondere Materialien und luden sie wie Mumien in Autos.

Ich bin kein Liebhaber von Ruinen. Aber die Vision einer restaurierten Kirche, die zwischen anderen, ebenso aus ihrer Zeit und von ihrem Ort entfernten Häusern und Geräten steht, hat den Makel der verlorenen Dimension. Die Fliegenbeinzähler werden sich über Ruthenisierung und Latinisierung der Friese und der Darstellungen streiten. Das Barocke wird mit dem Byzantinischen konkurrieren, die Proportionen werden berechnet, und jemand wird endgültig den Typ des Gebäudes und die Reinheit des Stils bestimmen. Doch den Ort kann man nicht versetzen. Der Ort hat keine Maße. Er ist Punkt und ungreifbarer Raum. Deshalb bin ich mir immer noch nicht sicher, ob man die Kirche wirklich weggebracht hat.

Der Mann schloß das Futteral des Fotoapparats.

»Und an welcher Stelle war der Eingang?« fragte er.

»Hier. Sie stehen auf der Schwelle.«

Kościejny

Semen Wasylczuk kam zu Kościejny und sagte: »Komm mit.« Kościejny nahm von der Leiste, die um die Tür lief, ein langes, schmales Messer. Sie gingen zwei Häuser weiter. Semen führte ein Schaf mit traurigem Gesicht heraus und wandte den Blick ab. Der Kegel des Cergowa hielt wie immer den Himmel, auf dem Gipfel lag zwischen den Bäumen noch Schnee. Es dauerte nur eine Sekunde. Sie hoben das Tier auf und hängten es an der Sehne des Hinterlaufs an den nackten Apfelbaum.

Kościejny sah ganz normal aus, ein bißchen wie eine aus dem Garten entlaufene Vogelscheuche. Hagere vierzigjährige Männer in Drillichanzügen sehen eben so aus. Die Zeit verwischt ihre Züge, erst wenn sie sich mit ihr versöhnen, im Alter, erhalten sie wieder ihre eigenen, unnachahmlichen Gesichter. Vielleicht, damit der Tod sie unterscheiden kann.

Aber er dachte nicht an den Tod. Ihn beschäftigte das Leben. Mit kurzen, raschen Bewegungen trennte er den Kopf ab. Zwei Hunde trieben sich in der Nähe herum. Die Messerspitze glitt den Bauch und die Beine entlang, die Haut ging ab wie ein Strumpf. In der kalten Morgenluft stieg Dampf auf. Es war schon passiert, Haut, Körper, Innereien, alles ordentlich getrennt. Eine einfache, präzise Analyse des Seins.

»Soll ich's dir zerlegen?« fragte Kościejny.

»Das mach ich selber. Nur das Töten mag ich nicht«, sagte Semen Wasylczuk. Er ging ins Haus und kam mit einer Flasche Schnaps zurück. Sie setzten sich an die Scheunenwand in die Sonne, tranken einander zu, steckten sich eine an und sahen zu, wie der Cergowa den Himmel hielt.

»Aber ich mag es«, sagte Kościejny. »Wichtig ist nur, daß das Tier sich nicht fürchtet. Sonst ist es miese Arbeit, das Fleisch ist schlecht und stinkt nach Angst. Am schlimmsten ist es bei den Schweinen. Den Schweinen machst du nichts vor, die sind klug. Morgen schlacht ich eins bei deiner Schwester.«

»Ja«, antwortete Semen Wasylczuk.

Wer war Kościejny? Sein unruhiger Geist zwang ihn zu so vielen Dingen. Im Winter trug er eine Nylonmütze mit Schild, im Sommer ging er mit bloßem Kopf, von der Sonne ausgetrocknet und wasserdicht.

Wenn es im Dorf keine Kälber und Schweine mehr gab, wenn die Menschen sich satt gegessen hatten oder zwischen Hochzeit und Taufe Fastenstille eingekehrt war, spannte er zwei Pferde an den Wagen aus Eschenholz und zog nach Süden. Seine Frau blieb zu Hause. Es war ja wohl kein Problem, ein paarmal am Tag den Weg zwischen dem Haus, dem Schweine- und dem Kuhstall zu gehen – so dachte er. Für ein Weibsbild genau das richtige. Am Morgen fuhr er los. Nachmittags hätte er an Ort und Stelle sein können, aber auf halbem Weg war die Kneipe. Wo man auch hingeht, immer liegt eine Kneipe am Weg, als sei sie der Preis für die Stille und Reglosigkeit zu Hause.

Er band die Pferde an, warf ihnen eine Handvoll Heu hin und ging einen trinken, und da alle ihn kannten, fand sich immer ein Feind. Gegen Abend stießen diejenigen, die nüchterner waren, zwei verkeilte Männer über die Türschwelle. Sie fielen in den Dreck oder Staub und versuchten, an die empfindlichen Stellen des anderen ranzukommen und ihm Schmerz zuzufügen. Danach machte sich Kościejny in aller Ruhe auf den Weg nach Süden. Er nickte immer wieder ein, den Pferden ging es genauso, einen Fuß vor den anderen, bis an den Rand der Nacht, wo die Dunkelheit sich wie fette schwarze Milch über die Berge ergießt. Im Schlaf spannte er die Pferde aus, im Schlaf fiel er aufs Lager und blieb bis zum Morgen auf dem Rücken liegen. Die Männer, die in der Baracke am Ende der Welt wohnten, sagten, Kościejny schlafe mit offenen Augen – sicher hat er vor irgendwas Angst. Aber sie waren es, die Angst hatten und die Augen schlossen, um die Finsternis nicht sehen zu müssen. Am Morgen standen sie auf und gingen zum Holzfällen. Kościejny blieb und trank, was er mitgebracht hatte. Draußen regnete es. Die Hütte war ein Haufen von lebensnotwendigen Gegenständen. Leere Dosen, trockenes Brot, löchrige Gummistiefel, leere Flaschen. Schmutz und Freiheit sind immer verflochten. Kościejny sprach mit sich selbst und sang Lieder, die keiner hörte. Er sank aufs Bett, die in der Dämmerung zurückkehrenden Männer trafen auf seinen starren Blick, mit dem er alle und keinen ansah. Am dritten Tag stand er auf. Er spannte die Pferde an und machte sich auf den Weg, durch feuchte Lichtungen auf den Rücken des Uhryń-Berges, wo Stapel von gefälltem Holz an die Ruinen eines Forts erinnerten – lange, von Belagerungen angefressene Mauern. Er arbeitete bis zum Abend, bis zu dem Punkt, wo weder Peitsche noch Stock den Tieren Kraft geben konnten. Die Arbeit erforderte ebensoviel Grausamkeit gegenüber den Tieren wie gegenüber sich selbst. Der Rest war einfach Anstrengung.

»Ihm reicht die Peitsche für zwei Tage«, sagten diejenigen, die es mit den toten Mechanismen ihrer Motorsägen zu tun hatten. Aber sie sagten es leise. Sie erinnerten sich an den Winter, als Kościejny sechs Kilometer barfuß zurückgelegt hatte. Er hatte sich neue Stiefel gekauft und die alten weggeschmissen. Doch als er die Schneewehen sah, tat es ihm leid um die neuen. Oder die Nacht, als sie ihn im Stall gefunden hatten. Es war im Oktober gewesen. Der Mond versprühte einen silbrigen Staub, der wie Reif unter den Füßen knisterte. Es war ganz still, sie hörten ihn schluchzen. Er küßte die aufgescheuerten Flanken der Pferde, auf den wunden Nacken waren Rotz und Tränen verschmiert.

»Ich bin nicht zu Besuch hier«, sagte Kościejny zu Semen Wasylczuk, als ihm dieser einen Stuhl anbot. Er blieb an der Schwelle stehen. Durch die offene Tür entwich Wärme, in der Diele trieb sich ein weißes Huhn herum. Wasylczuk saß unter einem Heiligenbild, blickte durch die schwere Luft hindurch und rauchte. Die schmutzigen Pfützen draußen schwappten ständig über.

»Ich bin gekommen, um dir zu sagen, daß mein Weib keine Hilfe braucht.«

»Du warst lange weg. Sie sagte, sie braucht jemanden.«

»Nein. Du solltest dir eine Frau suchen, Semen. Dann mußt du nicht durch die Dörfer ziehen, um zu helfen.«

»Willst du mich verkuppeln?«

Doch Kościejny antwortete nicht mehr. Die Tür blieb offen, er ging durch den überfluteten Hof und verschwand hinter dem grauen Regenvorhang, dort, wo Erde, Berge, Himmel, Tiere und Menschen sich vermischten und in unermeßlichen Gewässern auflösten, im Reich der Finsternis, des Chaos und der Unschuld. Am selben Tag fuhr er wieder in die Einöde, zu der Baracke, wo die Männer ihren Monatslohn vertranken.

Wer war Kościejny? Alkohol und Blut, zwei heiße Substanzen, machten ihn immun gegen Jahreszeiten und Wetter, doch die Seele braucht manchmal etwas Kühles, und das Herz ein wenig Rast. Und er sah ja sogar im Schlaf, wie die Dunkelheit ihn umkreiste.

»Ruh dich aus, Kościejny«, sagte der Waldhüter. »Auch wenn du vierzehn Stunden schaffst, die Arbeit änderst du nicht, weißt du, und die Weiber auch nicht.«

»Es ist zu spät, Herr Förster, ich bin über vierzig.«

»Um dich ist's nicht schade, aber die Pferde tun mir leid.«

Dann geschah Folgendes:

Diejenigen, die ihn gesehen hatten, sagten, Kościejny habe ein weißes Hemd angehabt. Vielleicht wurde es deshalb so still in der Kneipe, als er zwischen den Tischen hindurch in die Ecke ging, wo Semen Wasylczuk saß. Niemand rührte sich, niemand machte einen Mucks oder sagte ein Wort, alles spielte sich schnell und leise ab, mit Hilfe des schmalen, langen Messers. Kościejny wischte es an der Hose ab, blieb noch einen Moment stehen, um sicher zu sein, und ging dann mit dem Messer in der Hand ganz ruhig zur Tür und die Betontreppe hinunter, um durch die Licht- und Schattenflecken unter den drei Kastanien direkt zur Polizeiwache zu gehen, wo der rotblonde Feldwebel mit aufgeknöpfter Uniform stand und sagte: »Fürchte Gott, Kościejny.«

Er bekam zwölf Jahre und saß in Rzeszów. Dort konnte er die kahlen, gewellten Felder betrachten und den allmählichen Wechsel der Farben. Sie tauchten aus dem winterlichen Weiß auf und kehrten wieder zu ihm zurück, ganz so, als hätte der Dezember tatsächlich die Macht, die Zeit außer Kraft zu setzen. Eine Schneenacht, in der mit leisem Geklirr die Neonlampen leuchten, ist wie der Anfang der Ewigkeit. An heiteren Tagen glitten Flugzeuge vom nahegelegenen Flugplatz am Himmel vorüber. Für Kościejny sahen sie aus wie goldene Kreuze.

Nach drei Jahren bekam er Ausgang. Er war still, schweigsam und ordentlich, deshalb ließen sie ihn raus. Alle waren überzeugt, daß er zur festgelegten Zeit zurückkommen würde, so, wie er zur festgelegten Zeit aufstand, sich schlafen legte und all die Tätigkeiten verrichtete, mit deren Hilfe die Unendlichkeit des Gefängnislebens eine scheinbar endliche Form erlangte. Sie gaben ihm einen Umhang mit. Wieder lag auf den Feldern Schnee.

Er setzte sich in dieselbe Ecke in der Kneipe. Den Kellnerinnen fiel alles aus der Hand. Der rotblonde Feldwebel kam, um zu sehen, ob er abgehauen oder ob es ein Geist war.

»Ganz ruhig, Wachtmeister, es sind nur drei Tage.«

Kościejny ging als letzter und kam als erster, aß ein bißchen, trank ein bißchen und rauchte eine Zigarette nach der anderen. Er saß hinten, und es schien, als wäre seine Gestalt von ewiger Dämmerung eingehüllt. Am letzten Tag ließ er ein Trinkgeld für die Barfrau liegen und ging in die Nacht hinaus. Der Schnee knirschte, seine Schritte mischten sich mit dem zarten Klirren der gefrorenen Sterne.

Eine Woche später fand man ihn, gegen Abend, aber das war er nicht mehr. Er sah aus, als würde er schlafen, zu einem Knäuel zusammengerollt. Man konnte an seinen Körper klopfen, es gab ein hartes, hölzernes Geräusch. In der Ferne versuchte der Cergowa den Himmel zu halten, aber die Dunkelheit kam dennoch über die Erde.

Lewandowski

Sein Haus stand ganz am Ende, dahinter kam nur noch
Wald. Ein langer, graubrauner Koloß, ein kantiger Fisch,
sowas in der Art. Nichts verdeckte seine Häßlichkeit. Ein
Wal, Hunderte von Kilometern vom Ufer entfernt.

Doch die Geschichte hatte zwei Wochen vorher begonnen.

Der letzte Bus ist immer besoffen. Die Männer rollen
zwischen den Sitzen wie Billardkugeln und fallen zufällig
irgendwohin, beginnen ein Gespräch mit den Nachbarn,
mit Frauen, manchmal reden sie auch mit Schatten. Um
neun Uhr abends, im Winter, ist das völlig egal.

Er stürzte neben mich, Luft entwich aus ihm, und er
schien eingeschlafen zu sein. Aber als die mit Schnee ver-
setzte Dunkelheit die letzten Lichter des Städtchens verschluckt hatte, begann er, Namen von Warschauer Straßen zu rezitieren. Als würde er mit der 21 oder der Sechs
fahren: Ratuszowa, 11 Listopada, Wileńska, Świerczew-
skiego, Wójcika, Okrzei, Ząbkowska . . .

»Białostocka«, sagte ich. »Du hast die Białostocka aus-
gelassen.«

Doch das war seine Reise, und die ging niemanden was
an, also zuckte er nicht einmal mit den Achseln, sondern
fuhr an der Kijowska und Skaryszewska vorbei, und im
Scheinwerferlicht wirbelten dicke Schneeflocken wie
goldene Falter. Und als die Berge von den Seiten näher
heranrückten, schwer und immer dichter, sagte er:
»Szembek« und stand auf. Er torkelte, jemand stieß ihn in-

stinktiv, aus Spaß zurück, wie einen Ball, ich hatte ihn wieder neben mir, und er lallte mir ins Ohr: »Hier wohne ich. Du fragst einfach. Lewandowski.« Er ging zur Tür, und ich sah nicht einmal sein Gesicht.

Sie zeigten mir also sein Haus. Ganz aus unverputzten Hohlsteinen, alles unter einem Dach, groß und tot, von der Straße durch einen sumpfigen Vorplatz getrennt, auf dem kein Hund sich herumtrieb. Ein Wagen streckte die Deichsel zum Himmel. Von einem Misthaufen flogen zwei Krähen auf. Nicht einmal eine Katze gab es. Ich trat in die kleine, niedrige Diele. Stieg über herumliegende Gummistiefel. Er saß in der Küche und war ungewöhnlich klein. In solch einem Ungetüm erwartet man Größeres. Am Fenster saß er, grau wie die Welt an jenem Tag. Ich wußte nicht, ob er mich erkannte, aber ich nahm mir einen Stuhl. An der Decke brannte eine Birne, nackt und hilflos angesichts des verdünnten Dunkels. Er holte eine Flasche Schnaps unter dem Tisch hervor und ein dickes Gläschen.

»Ich versteck sie, wenn ich nicht weiß, wer kommt«, sagte er.

Wir wurden uns einig bezüglich der Białostocka. Das kleine, heruntergekommene Sträßchen war immer im Durcheinander der Bahngleise und Lagerhäuser untergegangen – so auch in seinem Gedächtnis, denn er war über zwanzig Jahre nicht in Warschau gewesen, vielleicht sogar dreißig, auch das wußte er nicht mehr. Überhaupt wurden wir uns einig. Ich hörte ihm zu.

Wenn wir die Zigaretten ansteckten, spiegelten sich in den Glaskugeln die Streichholzflämmchen. Es war Anfang Februar, vom Ofen her zog es kalt. Als es dunkel war, zeigte das elektrische Licht endlich seine Züge. Er war fünfzig, hatte einen mickrigen grauen Schnurrbart und das runde Gesicht eines Jungen. Vom mühsamem Saufen glänzte es fettig und glich einer Blechmaske.

»Heute kommt niemand mehr«, sagte er. »Jasiek ist im Krankenhaus. Gestern haben sie ihn hingebracht. Die anderen sind knickrig. Die kommen, schauen in die Töpfe, und nachher erzählen sie, bei mir gibt's nichts. Aber bei ihnen gibt's Honig mit Zucker und Schmalz mit Butter. Ich brauch nicht mehr. Ich hab alles.«

Er stand auf und zog mich in die Diele, dann durch die Seitentür auf den Weg, der am Haus entlang führte, bis ich den Stall roch. Er machte Licht. Matt schimmerte ein schwarzer Pferdehintern. Eine Kuh kaute und sah uns kaum an. In den Ecken hing Dunkelheit. Der Schuppen war finster wie ein Abgrund. Die Tiere sahen ganz verloren aus.

»Die hab ich, damit ich morgens aufstehen muß, und er ist ein alter Dieb. Neulich haben sie nur ihn erwischt, aber das Verfahren hab ich abgekriegt.«

Wir gingen zurück. Der Geruch der Müdigkeit führte mich, die Aura der Traurigkeit, die Menschen ausstrahlen, die nie weinen, weil die Tränen ihren Körper mit den Schweißtropfen zusammen verlassen.

Die Fensterscheiben waren schon schwarz. Das Licht hatte eine schwefelartige Grellheit angenommen. Die getüpfelten Wände, der verblaßte Fußboden, der Stapel mit versifften Töpfen, das Messer auf dem Tisch, der Aschenbecher aus Ebonit – alles ringsum war mit übernatürlicher Deutlichkeit getränkt. Wir leerten seine Flasche, um mit meiner anzufangen. Wir wurden uns leicht einig. Ich hörte ihm zu.

Er war vor über zwanzig Jahren in diese Gegend gekommen. Lange war er gefahren, denn unterwegs gab es verschiedene Gefängnisse, aus denen man jemanden mitnehmen oder wo man jemanden abgeben mußte. »Die vier Jahre waren ein brüderliches Urteil. Das war wie ein Spaziergang.« So sagte er. Er hatte Kühe geweidet, Ziegel gebrannt, Gräben gegraben, Bäume gefällt, ringsum, soweit das Auge reichte, Wiesen und Wälder, und ein rechteckiges Stück Erde, von Stacheldraht umzäunt. Dann war er rausgekommen und hatte das gleiche gemacht: Bäume, Tiere, Gräben. Einige Jahre lang hatte er auf der Route der LPGs Hunderte von Kilometern zurückgelegt. Ratuszowa, Targowa, Szembek – Paris, London, Lissabon, die Zeit hatte die Gestalt von Entfernungen angenommen.

Er erzählte mit monotoner Stimme, in einer unbewegten Intonation, in die Pausen packte er den nächsten Schluck oder Zug, der Glanz von Szembek und der Targowa blitzte nur einmal auf, als ich ihn dumm und indiskret fragte, »wofür«.

»Für meine Überzeugung. Ich war überzeugt, daß sie mich nicht kriegen.« Und er sah mich schief an, mit diesem Blick, wie man ihn zwischen den Bruchbuden der Sulejkowska und der Kwacza kennt, zwischen den Taubenschlägen und den Ständen auf dem Basar, wo die goldenen Ringe aus Messing und die französischen Blusen von der Schneiderin in der Grochowska sind.

Das dicke Licht der Nacht klebte an unseren Leibern. Wir bewegten uns langsam, angestrengt, um diese Zeit muß man sparsam mit den Kräften umgehen, um das Ende der Erzählung zu erleben, den Tod oder was auch immer.

Schließlich war er hier in die Nähe gekommen, und er tat das, was er immer getan hatte, er führte diese wahrhaft männlichen Tätigkeiten aus, deren Wesen die von einer Unendlichkeit in die andere führende Monotonie ist. Keine Abwechslung, wenig Geld, Aufstehen im Morgengrauen, dank dessen besteht die Welt.

In der letzten LPG lernte er eine Frau kennen, ebenso zufällig und überflüssig wie er, er heiratete und begann ein Haus zu bauen.

»Komm, ich zeig sie dir«, sagte er.

Er stand auf, ging auf die weiße Tür zu, und erst jetzt bemerkte ich, daß dort ein schmuddeliger, einige Jahre alter Kalender mit einem großen Foto des rothaarigen David Bowie hing. Er wischte die Hände am Hosenboden ab und drückte die Klinke runter. Dort war es dunkel und noch kälter als hier. Er machte Licht, trat aber nicht ein. Dieser Geruch. So riechen alle Zimmer, die keiner betritt. Die Zeit erlischt, die Erosion der Minuten und Jahre schmeckt nach Feuchtigkeit und Moder – der Geschmack grundlegender Dinge, der Geschmack von Ende und Anfang. Es war wie eine Bühne im Halbdunkel, bevor das Stück beginnt. In dem vielarmigen goldenen Leuchter brannte eine Birne. Ein langer Tisch, sechs gepolsterte Stühle, ein Schrank, eine Kredenz. Die großen, glatten Flächen glänzten wie dunkelbraune Spiegel. Am Fenster, vor der weißen Gardine, stand ein Fernseher, gekrönt vom Kasten eines Videorecorders, darauf lag eine Serviette, deren Ecke über der kalten Fresse des Bildschirms hing wie ein schelmischer Haarschopf. Auf dem Boden ein Teppich, das einzige im Raum, was den kalten Glanz nicht spiegelte.

»Das ist sie«, sagte er.

Ich sah nur zwei Schattenflecken in dem schwarzen Rahmen. Das Hochzeitsfoto. Ihre Gesichter mußte ich mir vorstellen. Sie waren unbewegt, flach, durch Retusche geglättete Entwürfe idealer Würde.

Er machte das Licht aus, schloß sacht die Tür, und wir kehrten an unseren Tisch zurück, zu dem gelben Wachstuch mit den roten Blumen, zu der Hyperrealität der Küche, wo das Leben sich nicht geschlagen gab, uns aus den Ecken beobachtete und wartete, was weiter geschehen würde. Es geschah das gleiche wie vorher. Ich hörte ihm zu. Er kam auf das zurück, was jetzt war, als würde die weiße Tür dort das Vergangene einsperren, als könnte man das Vergangene herein- und wieder hinauslassen wie einen Gast oder Briefträger. Er sagte mir alles. Wer seit Jahren mit der eigenen Tochter schlief, und die Leute hatten sich schon daran gewöhnt und es vergessen. Er erzählte, wer sich ein vierzehnjähriges Mädchen für Geld gekauft hatte und jetzt wartete, bis sie größer wurde, damit er sie heiraten konnte, aber vorläufig hielt er sie im Haus zum Arbeiten und auch für anderes. Er sagte mir, er habe alles und brauche nichts, und die anderen gehe das einen Dreck an, denn er vertrinke schließlich sein eigenes Geld, das Vieh würde gefüttert, und keiner würde nachts Schreie hören. Er sagte mir seinen Vornamen, daß er bald nach Warschau wolle und daß er möchte, daß ich ihn der Reihe nach allen Straßen frage und nach allen grün und braun gestrichenen Buden mit hellem und dunklem Bier. Dann wollte er mir noch etwas zeigen, stand auf, aber er überlegte es sich anders, sein Auge sah mich in diesem Moment ganz geistesgegenwärtig an, der Säuferschleier war für einen Augenblick verschwunden, aber als er sich wieder setzte, waren die Pupillen wieder so tot wie vorher. Er fragte, ob es die Kneipe in der Grochowska, beim 160er, noch gebe, ich wußte es nicht, aber ich wollte ihm nicht weh tun, also sagte ich ja, alles sei wie früher. Und ich weiß nicht, worauf ich mich noch eingelassen hätte, vielleicht auf eine völlige Aufhebung der Zeit, auf den Vorortzug nach Wilanów, auf Männer in Radfahrermützen und wattierten Jacken, auf den Wodka, der vom frühen Morgen an auf allen Bahnhöfen verkauft wurde, auf alles, aber der Kopf fiel ihm auf die Brust, und er schlief auf dem Stuhl ein, die Lippe vorgestülpt, die Hände auf dem Bauch, wie ein Reisender, als wollte er wegfahren.

Später sah ich ihn noch einmal. Es war am Morgen, der Bus rollte bergab, die Sonne brach sich an den schmutzigen Scheiben, aber einzelne Nadeln von Licht schossen quer durch das Fahrzeug. Er stieg ein wie immer. Als er zu den Sitzen ging, wurde sein Umriß einen Moment lang von der Sonne verschluckt. Er durchbrach die Strahlen, aber sie wuchsen hinter ihm wieder zusammen. Als er sich zu mir setzte, sah er wieder normal aus, das heißt so, als wäre er gerade wie damals vom Tisch aufgestanden. Er verzog das Gesicht, als würde er einer komplizierten Anleitung zu einem Lächeln folgen. Es war nichts als Anstrengung darin. »Fasching ist Fasching«, sagte er.

Ich fragte, wohin er fahre.

»Tauschen, Junge, tauschen«, sagte er fast flüsternd.

Er nahm ein paar schmutzig-bunte Schachteln aus einer schwarzen Aktentasche. Erotic Dreams, Pleasure principle . . . Ich konnte kaum einen Blick darauf werfen, da stopfte er die Kassetten schnell wieder hinein.

»Man muß doch leben, Junge, man muß leben . . .«

Die Kneipe

Eine ausgetretene Treppe führt zu einer Tür mit kaputter Scheibe, dann ins feuchte Halbdunkel der Diele, und man muß nach links gehen, sonst kommt man zuerst an den Ort, den man später aufsuchen sollte. Die Barfrau hat dunkles, zu einem Pferdeschwanz gebundenes Haar. Ihre Augen passen nicht zu dem Vogelgesicht. Sie haben die Größe von Rehaugen und glänzen matt. Und diese dunkle Haut: man weiß nicht, ob von der Sonne oder vom Tabakrauch. Eher von letzterem, denn Sonne gibt es hier nie. Sie scheint draußen, auf das vermodernde zweihundertjährige Rathaus mit dem Zeltdach. Niemand weiß mehr, was dort war. Jetzt ist es nur noch ein Haufen Schutt, die Fenster mit Brettern vernagelt, eine absurde Erinnerung an eine Stadt, inmitten eines Dorfplatzes.

Die Barfrau drückt die Taste des Tonbandgeräts, und die tote, dröhnende Musik läßt die Gläserbatterie an der Bar erklingen. Sie ruft in den Schankraum, und hinter dem Vorhang aus bunten Plastikstreifen kommt die Kellnerin hervor, geschminkt, mit Schmuck und Strumpfhosen mit Weinrebenmuster. Das Gold ihrer Ohrringe blitzt ebenso wie das Gähnen, abgeschlossen von einem langgezogenen, verschlafenen »aaamooreee« im Duett mit dem Tonband. Sie beginnt die Tische aufzuräumen; alle schief, aber jeder in eine andere Richtung geneigt, und der Krach der Eisenstühle auf dem Betonboden übertönt die Musik, obwohl sie hart und metallen ist. Die Kellnerin geht in den Saal nebenan, stemmt die Hände in die Hüften und schreit in den widerhallenden Raum hinein. Die

Stimme kommt zurück wie aus dem Innern eines Brunnens, aber die beiden Männer sehen nicht einmal auf. Sie sitzen unter der Tafel »Das Trinken von mitgebrachtem Wodka ist bei Strafe verboten«, unter dem Tisch steht eine Flasche, sie selbst sind in ein Gespräch vertieft, das sich bestimmt seit letztem Freitag hinzieht. Die Kellnerin will noch einmal schreien, aber als sie Luft holt, hebt sie ein wenig den Kopf, und ihr Blick fällt auf den letzten Tisch, ganz in der Ecke an der Wand. Und in der stickigen, öligen Luft sieht sie, wie Kościejny aus der Ecke kommt, das gleiche weiße Hemd wie damals, als es geschah und alle verstummten, und er ging, ging mit dem Messer in der Hand, aber er hielt es ganz locker, nur mit den Fingern, eigentlich mit den Fingerspitzen, und auf Semen Wasylczuk achtete keiner, denn er saß da wie vorher und machte keinen Mucks. Alle starrten auf dieses Messer – würde es runterfallen oder nicht, alle warteten auf den leisen Aufschlag von Metall oder Holz auf dem Boden. Dann war da nur noch das Rechteck aus weißem Leinen, das in der dunklen Diele verschwand, erst dann rührten sich die Leute, jemand ging auf Wasylczuk zu, aber die meisten traten an die verschmierten Fenster, um zu sehen, was der andere tun würde. Aber der löste sich weder in Luft auf, noch fing er an zu laufen, er ging ganz ruhig die Ungarische Heerstraße entlang und bog um die Ecke.

Und jetzt sieht sie das alles noch einmal. Ganz so, als hätte die Sonne das Blechdach und die Decke durchschlagen, um aus der Luft Truggebilde zu basteln. Sie geht zurück, stößt gegen die Stühle, wendet aber den Blick nicht ab, sondern tastet sich rückwärts zur Bar, streift mit dem Hintern die Wand und berührt schließlich die kühle Theke aus Chrom.

»Was? Hast du ihn schon wieder gesehen?« Die Barfrau sitzt auf einem Schemel und schaut die Tonkassetten in einer Pappschachtel durch. »Immer mittags siehst du ihn. Bekreuzige dich.« Sie wirft einen Blick zum Eingang, gießt mit einer kaum wahrzunehmenden Bewegung ein Fünfzig-Gramm-Gläschen voll und schiebt es der Kellnerin zu.

Kościejnys Gespenst schreitet durch ein Grüppchen von Leuten, die aus dem Bus nach Dukla steigen, geht eine Weile die Ungarische Heerstraße entlang und biegt hinter dem einstöckigen Haus mit der Arkade ab, in dem früher einmal Olgierd Giemza gewohnt hat, der, der die Ikonen für die orthodoxen Kirchen hier und ein Stück weiter, hinter der slowakischen Grenze, gemalt und später diesen Dienst an den Abtrünnigen gebeichtet hat; aber der Pfarrer wollte ihm keine Absolution erteilen, sondern ließ ihn nur beim soundsovielten Mal die heilige Anna für den Seitenaltar malen, aber es kam immer die heilige Paraskewa dabei heraus, und Giemza wurde angeblich verrückt, schmiß die Farben hin, zerbrach die Pinsel und ging ins Gelobte Land, um Vergebung oder Strafe zu finden. All das ist sehr lange her.

Jetzt setzt sich der Bus in Bewegung, fährt um den Marktplatz herum, die in den Resten der Pfützen planschenden Enten würdigen das große Fahrzeug keines Blickes, als gehörte es zu einer anderen, unsichtbaren Welt. Frauen in Kopftüchern, mit Einkaufsnetzen, verschwinden in Gassen, wo plötzlich und ohne Vorwarnung das Katzenkopfpflaster abbricht und hinter den skelettartigen Zäunen weiße Wolken blühender Bäume stehen, die die Trauer der modernden Häuser verdecken. Die Männer haben es nicht eilig. Die Zeit kriecht nur langsam um den quadratischen Platz. Um sich von ihren ersterbenden Kreisen zu befreien, gehen die Typen über die ausgetretene Treppe, setzen sich an die Tische, stehen an der Bar, sehen sich die Etiketten an, aber zwischen Golesz, Tytan und Gastronomiczna kann man lange auf ein Wunder warten, also sagen sie nur »einen Wein« oder »zwei kleine«. Auf dem oberen Regal verstaubt der Maxim.

Die Kellnerin wehrt sich. Es gibt keine Geister mehr. Edek klopft ihr ganz irdisch auf den Hintern und faßt sie um die Hüfte. Er bekommt eins auf die Pfoten, aber die Hüften drücken sich in verstecktem Einverständnis aneinander. Es dauert nur einen Moment, schon läßt Edek sie stehen und entfernt sich mit diesem scheinbar trägen Schritt eines Männchens, das weiß, daß ein Blick auf ihm ruht. Das Mädchen betrachtet seine breiten Schultern in der Papageienjacke American Kick Boxer, die Pobacken in der purpurroten Trainingshose Gladiator, die ganze Gestalt, die von den Füßen bis zu der zitronengelben Yellowstone-Mütze schillert und phosphoresziert. Edek läßt die Gesellschaft am Tisch erstrahlen. Er gleicht einem Feuerengel, und als er einen Platz gefunden hat und sich setzt, rücken die Männer ab – vielleicht aus Respekt, vielleicht aus Angst vor der Helligkeit, die die Gewöhnlichkeit und Ärmlichkeit ihrer Kleider entlarvt. Die Kellnerin stellt einen Krug vor Edek hin, hebt ihn dann hoch, wischt die Tischplatte, stellt ihn wieder ab, nimmt den leeren Aschenbecher und bringt einen frischen, macht wieder ein paar Schnörkel mit dem Lappen zwischen den Ellbogen der Männer und erntet schließlich einen flüchtigen Blick.

»Sag ihr, sie soll was anderes auflegen, nicht diese Franzmänner.«

»Edek, das sind Italiener.«

»Egal, sie soll leiser machen oder was Englisches auflegen.«

»Was macht denn das für 'n Unterschied?« sagt Lewandowski und starrt auf sein zur Neige gehendes Bier.

»Für dich vielleicht nicht. Für mich schon.«

»Aha.« Lewandowski nickt und sieht nicht auf.

Von Tatarska Góra kommt ein Fahrzeug. Es umfährt eine muldenförmige Vertiefung im Pflaster. Dort unten, unter der Erde, standen früher Weinfässer, die von der Grenze hergebracht wurden. Die alte Sonne, jahrhundertelang in den Kellern gefangen, muß die Mauern angefressen haben, und jetzt bröckelt alles. Das Fahrzeug fährt vor die Kneipe; eine seltsame Konstruktion, Produkt von Armut und Erfindungsgeist – eine alte WSK, hinten zwei Räder und eine Plattform. Jan Zalatywój, im Drillichanzug, in einer Aureole von hartnäckiger Hoffnungslosigkeit, tritt ein, um sich auszuruhen, mit ihm erscheint der Gestank von Salpeter und verbranntem Gummi.

»Wie läuft das Geschäft, Zalatywój?« begrüßt ihn Edek, aber er setzt sich zwei Tische weiter. Vorsichtig, penibel legt er die Arme in den zu kurzen Ärmeln hin und nickt der Kellnerin zu. Lewandowski verläßt die Gesellschaft, die in Edeks New York, Greenpoint, Jobs, Neger und Cadillacs vertieft ist, setzt sich neben Zalatywój und brummt:

». . . und Quatsch mit Soße. Spendier mir ein Bier, Jasiu.«

Zalatywój nimmt zwei Wyspiański-Scheine aus einem dünnen Bündel und hält sie bereit.

»Nichts ist das wert«, sagt er. »Da verfährt man mehr

Benzin. Da, heut hab ich drei Paar abgegeben und zwei mitgenommen.«

Jan Zalatywój ist Gummischuster. Er fährt durch die Dörfer, sammelt Galoschen und flickt sie zu Hause. Dann bringt er die Ware den Kunden zurück. Die asphaltierten Straßen meidet er, denn sein Dreiradwagen ist illegal, der Fahrer Zalatywój im übrigen auch. Manchmal flitzt er in der Nacht Dutzende von Kilometern und fährt dann zwei, drei Tage durch die Berge zurück. Wege gibt's genug. Man muß sie nur kennen. Ein paar Hütten in Mokryja, die LPG in Niżna, die lange Schlange der Häuser in Huciski, Kleinvieh macht auch Mist. Das Schlimmste ist der Straßendreck, das Schlimmste ist die Abkürzung bei Ubocze, wo sich einen Kilometer lang stinkende Sümpfe hinziehen und man das einsinkende Fahrzeug schieben, manchmal den ganzen Krempel abladen und mit der rötlichen Pampe kämpfen muß, die nach Fäulnis und Erdöl riecht. Früher führte dieser Weg direkt in den Kleinstaat eines Straflagers, wo einige Hundert Sträflinge auf den endlosen Feldern, Weiden und Wiesen schwitzten und nach Wodka, Tee und Zigaretten lechzten. Das ist vorbei. Die Gefangenen haben die Töchter der Wächter geheiratet, hier und da hängt noch ein Stacheldraht, aber die Fenster sind nicht mehr vergittert, zwischen den Zellen hat man Türen geschlagen, und in den Zweizimmerwohnungen reifen die Hybriden aus Bewachern und Bewachten heran. Die paar Gebäude sehen aus wie ein vergammeltes Floß auf einem windigen Meer von Hügeln, die sich bis zum fernen Horizont erstrecken. Schmuggelware gibt es nicht mehr, alle Gifte sind da, Zalatywój bessert also höchstens irgendwo etwas aus, schläft bei Bekannten und fährt im Morgengrauen weiter nach Osten, um in ein, zwei Tagen seine Rückreise anzutreten, auf Wegen, die niemand benutzt: Czertyżne, Suczne, Spalona Polana – von den Häusern sind Gewölbekeller übrig, verwilderte Obstgärten, und die Luft ist von Geistern gesättigt. In Suczne ist der Himmel rötlich, die Wolkenränder winden sich wie Ornamente. Hier läßt er seine Rikscha im Gebüsch, nimmt eine alte Decke mit und klettert den Hügel hinauf. Über der Gegend thront ein gemauerter Turm. Das Licht des Sonnenuntergangs färbt ihn rosa. Das ist alles, was von der orthodoxen Kirche übrig ist. Dort, wo das Schiff und der Chorraum waren, wachsen Schlehbüsche. Zalatywój wickelt sich in die Decke, raucht und sieht zu, wie alles ringsum dunkel wird, verkohlt und sich in schwarze Asche verwandelt, mit einigen silbernen Funken im Osten.

»Hej! Zalatywój! Ich hab dich gefragt, wie das Geschäft geht!« Edek spült den Wodka mit einem Schluck Pepsicola runter und hebt nicht einmal besonders die Stimme, denn auch so verstummen alle. Ein Glanz geht von ihm aus, von seinem purpurroten Gesicht, und die ganze Kneipe hängt an seinen Lippen.

»Hej! Zalatywój . . ., du Zigeuner . . .«

Dieser Schlag zielt direkt ins Herz, aber Zalatywójs Herz ist sechsundfünfzig und kann mit Schmerz umgehen.

»Ich fahr noch nach Spełzła«, sagt er leise, und Lewandowski antwortet:

»Ja. Fahr lieber.«

Er steht auf, zahlt und geht zur Tür, durch eine Stille, die so schwer ist, als ginge er durch hohes, nasses Gras.

Am Abend stiehlt sich hier kein Geist rein. Der Raum ist mit verschwitzten Leibern gefüllt. Zwei Jungs gehen zur Armee, vier versuchen ihnen die »Reveille« zu singen, aber keiner kann den Text, also steigt nur ein »Hoch soll'n sie leben« aus der Menge auf, und gleich darauf fallen die Köpfe auf den Tisch. Die Barfrau füllt wie ein dunkelhäutiger, müder Automat die Prozessionen der Krüge und Gläser. Ihre Augen erinnern um diese Zeit an beschlagenes Glas. Musik läuft, die Töne stoßen an die Decke. Wenn sie herunterfallen, verschluckt sie das schwammige Stimmengewirr, und selbst Edeks Ohr ist nicht imstande, die Wörter herauszuhören. Die Kellnerin setzt sich auf sein Knie wie ein Zugvogel, der Mann streichelt und tätschelt sie wie einen treuen Hund. Die Tinktur des elektrischen Lichts löst Menschen, Formen und Gegenstände auf. Worte, Gesten, Klirren, das krächzende Gelächter, alles zielt auf Bewegungslosigkeit ab. Diejenigen, die Kraft hatten, sind schon lange gegangen. Lewandowski bewegt die Lippen. Die Laute kommen nicht heraus, bleiben irgendwo im Kopf stecken, und der Rauch der Zigarette sieht aus, als strömte er unter den Lidern hervor. Er hebt den Krug, merkt, daß er leer ist, stellt ihn ab und blickt zum Fenster hinaus, doch dort ist Nacht, und nur an ihrem Rand, auf der anderen Seite des Platzes, flackern die grauen Feuer der Fernsehapparate. Der rotblonde Feldwebel steht an der Tür, nur im Hemd, Lewandowski sieht sein Spiegelbild in der Scheibe. Der Polizist sagt etwas zur Barfrau, schreitet langsam durch beide Räume, die Stimmen werden leiser, Lewandowski macht sich instinktiv klein, aber der Polizist kehrt an die Bar zurück, fragt das Mädchen noch etwas, sie schüttelt den Kopf, der Feldwebel geht, und die Stimmen werden wieder lauter. Lewandowski kann ganz ruhig in die Dunkelheit starren. Der Wind bewegt die Kastanienblätter, enthüllt die Laterne und verdeckt sie wieder. Über die Wand des Rathauses huschen Schatten. Die Jungs von der Armee haben ihr Nickerchen beendet. Sie stehen auf, nehmen ihre Helme, an der Bar jeder noch ein Tytan, und sie verschwinden durch die Tür. Man hört Glas klirren, ein paar Flüche und das Brummen der Motoren, die angelassen werden. Sie drehen eine Runde auf dem Marktplatz, genau wie einst die Ritter der Congregatio Adolescentium in roten Mänteln mit Kreuzen, als sie zu Pferd nach Süden aufbrachen, um dem Zug der Handelskarawanen Geleitschutz zu geben. Die Ähnlichkeit dauert nur zwei Umkreisungen. Die Motorradfahrer fahren nach Norden, gehen schlafen. Vielleicht ist der Mond noch derselbe. Er hängt über der Stelle, wo das Woloska-Tor war und hat die gelbliche Farbe der Kneipenfenster.

Die Oma

Soweit der Blick reichte, nur verwilderte Wiesen. Im Frühjahr wurden sie bunt von den Blumen, dann waren sie lange rötlich, bis sie im November ganz grau wurden. Und die Wacholdersträucher – so steif, daß der stärkste Wind sie nicht biegen konnte. Über den niedrigen Paß jagte ununterbrochen die Luft.

Das Pfeifen ging quer durch das Haus der Oma, fegte den Staub vom Boden, zog graue Strohbänder aus dem Kamin und schleuderte sie in den Himmel, der im Westen, in der Abenddämmerung, bei schönem Wetter die Farbe von blassem Grün annahm.

Die Oma sah selten nach oben. Ihr Körper, der Erdanziehung unterworfen, oder vielleicht auch der Last des Himmels, war in einem außergewöhnlichen Winkel gebeugt. Sie konnte nur nach den Wolken schauen, wenn sie sich setzte. Abends ist es da oben dunkel, und man sieht nichts.

Nur diese wilden Wiesen also und die weiße Schlange des Weges, den kaum jemand geht. Die uns verlassen, treten die Wege nicht aus. Sechs Töchter waren in die Welt gegangen. Die siebte, die älteste, war geblieben, und wenn man fragte, wie alt sie war, sagte die Oma mit dem schwarzen Kopftuch: »Sie ist geboren, als die Front hier war.«

Wenn es im Spätsommer oder Herbst dunkel wird, steht die Oma auf, ruft den alten Hund und geht raus. Sie gehen den flachen Abhang hinauf, vorbei an dem kleinen Kamm mit Gestrüpp, und wenn sie sich im offenen Raum befinden, auf dem sanften Grat des Hügels, sehen sie aus wie aus schwarzem Papier geschnittene Figürchen. Die beiden unterscheiden sich nur in der Größe, denn der Buckel macht die Oma dem Vierbeiner ähnlich.

»Ich geh Wache halten«, sagt sie. Nachts kommen auf das kleine Kartoffelfeld Wildschweine. Wenn der Vollmond ganz hoch steht, sieht man, wie sie den Abhang von Baranie herunterkommen. Drei, vier undeutliche Schatten, ein silberner Glanz verrät sie, wenn sie die träge Strömung des Bachs durchbrechen. Dann schreit die Oma und schlägt mit einem Stück Eisen an ein dickes Blech. Das klingt wie eine geborstene Glocke, die Luft ist zu schwach, den Ton weiterzutragen. Dann bellt der halbblinde und fast taube Hund. Später wickelt sich die Oma in eine alte Decke, setzt sich in die Ecke der Holzbude und nickt ein. Das Licht der Nacht ist leicht, es gleicht in keiner Weise dem kräftigen Glanz des Tages, durch den sich der Körper nur mühsam durcharbeitet, gebückt, zitternd, genährt von der Hoffnung auf ewige Ruhe in der Dunkelheit. Wenn September ist, bedeckt vor dem Morgengrauen Reif die Erde.

»So sind die Mannsbilder«, sagt die Oma, wenn ihr Schwiegersohn Czesiek schläft. Die Einrichtung ist kaputt, der Tisch hat Kerben von der Axt, unter den Füßen knirschen Scherben. Am schlimmsten ist es im Winter, wenn man sich bei den Nachbarn verstecken muß. Einen Kilometer durch den Schnee. Außerdem gehen hier alle früh schlafen, das heißt, man muß klopfen, gegen die Tür schlagen, aber die Nachbarn sind das schon gewohnt und öffnen fast im Schlaf. Im Säuferwahn sieht man wie am hellichten Tag, und manchmal läuft der Schwiegersohn auf dem ausgetretenen Weg den Frauen nach. Ein- oder zweimal haben die Nachbarn den Hund auf ihn gehetzt, um endlich Ruhe zu haben.

Die Tochter wurde geboren, als die Front hier war, vor über vierzig Jahren, es ist sowieso ein Wunder, daß sich noch ein Mannsbild gefunden hat. Ein Gesicht wie ein alter Stein. Unter solch einer Maske kann man alles verstecken, bei solch einer Reglosigkeit muß man auf alles gefaßt sein. Er ist ebenfalls um die vierzig. In diesem Alter ändert man seine Gewohnheiten nicht mehr: arbeiten, trinken, schlagen, schlafen. Vorhersehbarkeit ist die Voraussetzung für Sicherheit.

Morgens steht er als erster auf, der Schlaf hat das Gedächtnis weggewischt wie ein nasser Schwamm, und da er schon angezogen ist, kann er gleich gehen und erwischt noch den ersten Bus. In Dukla ist ein Marktplatz mit einem eckigen Turm und eine Kneipe, die »Zur Grenze« heißt, dort gibt es manchmal Arbeit für Leute, die so gut wie nichts können.

In dieser Zeit irrte die Oma mit den Kälbern zwischen den Hohlwegen umher. Die vier ausgemergelten Tiere suchten eher Schatten als Gras. Wenn die Sonne so hoch stand, daß sie gleich runterzufallen drohte, verbargen sie sich im sumpfigen Wasser, im schwülen Halbdunkel der Erlen, und einmal geriet eines so tief hinein, daß man es herausziehen mußte. Und dann die Wölfe. Die Oma sah manchmal mitten am Tag, in der flimmernden Hitze, wie sie aus dem Wald bei Baranie traten, unbewegt dastanden und warteten. Nicht ausgeschlossen, daß es Wacholdersträucher waren, die durch die zitternde Luft belebt wurden. Omas schriller Schrei ließ sie zurückweichen.

Bisweilen saß sie unter einem Baum, und ein Traum quälte sie. Das Alter setzt in gewisser Weise Tag und Nacht außer Kraft. Anstrengung und Ruhe folgen in kürzeren Abständen aufeinander. Vielleicht, weil das Leben es eilig hat. Gegen Abend ging sie in ihr Häuschen, um etwas zu essen. Die Enkel waren weiß und unförmig wie Puppen aus rohem Teig. Im Hof trieb der Wind Staubkringel im Kreis. In einem Haus mit Frauen ist es still, man hört das satte Summen der Fliegen. Es gibt zu wenig Worte auf der Welt, um vierzig Jahre lang zu reden. Die Oma nagt mit dem letzten Zahn an einem Stück Brot. Zusammen mit der Tochter wartet sie, daß der Schwiegersohn kommt oder auch nicht kommt.

»Und dein Mann, Oma?« Sieben Töchter fallen nicht vom Himmel, obwohl er voller Geister ist, weil viele über die Schulter spucken oder sich gar auf freiem Feld verabschieden.

Die Oma nickt. Das schwarze Wolltuch gibt ihrem Gesicht harte, deutliche Konturen – ein blasses Antlitz, das flache Bild halbbewußter Qual. Ja, es gab einen Mann, natürlich gab es einen. Das ist jetzt fünfzehn Jahre her.

Es war um Ostern, die Schneereste rutschten von den Hügeln herab. Pietr und noch zwei tranken sich durch die Gegend. Der Frühling und die Auferstehung des Herrn waren nicht mehr fern. Also von Haus zu Haus, hier ein Gläschen, dort eins, klarer Wodka und Wasser, das reinste Fasten. Gegen Abend blieben sie vor dem Laden stehen. Von Baranie, von Süden her, wehte ein warmer Wind. Der Bach, der das Dorf entzweischnitt, war grün wie die Hoffnung, und das Leżajskie-Bier schmeckte herbstlich-herb. Als es dunkel wurde, legte sich der Wind, und in der erstarrten Luft erlangten alle Dinge, Bäume und Häuser ihre wahre Form wieder. Pietr sagte, sie müßten gehen, aber aus unerfindlichen Gründen wollte er neben der Holzbrücke den Bach überqueren. Die Männer am Laden sahen zu, wie er torkelnd in die schnelle Strömung trat, das Wasser reichte ihm nicht mal bis zum Knie. Diesen Bach konnte man im Sommer bezwingen, indem man über die Steine hüpfte. Als er die Mitte hinter sich hatte, als er schon näher am anderen Ufer war, fiel er in die grün-weißen Strudel. Keiner der Männer, die da standen und schlürften, machte auch nur einen Schritt. Ganz so, als wäre das eine Geschichte, die sie live erlebten, als hätte sie eine Fortsetzung. Pietr lag da, jetzt trank er im Liegen. Diejenigen, die ihn später herauszogen, sagten, es sei ein Eimer Wasser aus ihm herausgeflossen, und in seinem Körper war immer noch ein Gluckern zu hören. Durch die blattlosen Bäume am Hang schimmerte die orthodoxe Kirche.

»Ja, weil er nicht von hier war.« Die Oma bindet das Tuch unter dem Kinn fester. Sie steht auf, zieht die wattierte Jacke an, nimmt den Stock und geht. Ihre gebückte Gestalt reicht nicht viel höher als bis zur Türklinke. Im Hof ruft sie mit dem unbeholfenen Pfiff einer Frau den Hund. Von Dukla her kommt über den hohen Himmel die Nacht. Die Oma geht ihre seichten Träume träumen, voll von vergangenen Ereignissen, die aus der Vergessenheit treten wie Tiere nach der Dämmerung aus dem Wald. Am Morgen kann man sie kaum unterscheiden: Tiere, Ereignisse, Träume. Letztere nehmen die Gestalt eines leichten, bunten, golddurchwirkten Tuchs und eines weißen Täschchens an, eines Täschchens, wie man es in der Kirche trägt. Gegen Morgen liegt leichter Frost auf Gräsern und Bildern.

Ende August brachte die Oma immer noch das Heu ein. Czesiek, der Schwiegersohn, tauchte kurz auf und verschwand wieder, er zog es vor, auf den Baustellen um Dukla zu schwitzen. Auf die Kneipe brennt die Sonne, aber drinnen ist es immer kühl. Die Tochter hat die Kinder immer mit Nudeln in Milch gefüttert, vielleicht haben sie deshalb nie rote Backen bekommen. Jedenfalls rechte die Oma das Heu selbst zusammen, schichtete es zu Haufen, die der vom Paß kommende Wind wieder zerstörte. Sie packte auf eine Plane, soviel sie nehmen konnte, und ging mit dem Bündel, doppelt so groß wie sie, hinunter. Manchmal kam der Nachbar für eine Stunde mit seinem Wagen. Es lief immer gleich ab, der Regen durchnäßte, was schon getrocknet war, die Augen wurden mittags blind, der Tag schien kein Ende zu haben. Eines Nachmittags kam jedoch die Erlösung. In Omas Haus schlug der Blitz ein. In solch einer Wüste war ein Irrtum ausgeschlossen. Die Tochter stand mit ihren Kindern im Laden Schlange, die Oma sah es von ihren hochgelegenen Wiesen aus. In der schwarzen Luft des Sturms blitzte ein Flämmchen auf, der Wind wickelte es auf wie ein zusammengerolltes Stück Papier. Die Oma lief hinunter, aber die Glut ließ sie kaum auf den Hof. Abends, als es dunkel wurde, hatte der Himmel sich beruhigt, der Wind aufgehört. Die Flammen waren zurückgegangen. Sie krochen dicht an der Erde entlang und hatten die Farbe des westlichen Himmels.

Als alles erkaltet war, ein oder zwei Tage später, watete die Oma bis zu den Knöcheln in der knisternden Brandstätte und stocherte mit einem Stock Kohle heraus. Nichts hatte überlebt, sie hatte ja kein Gold oder Silber. Selbst die Eisentöpfe hatten die spröde Konsistenz von

Mineralien angenommen. Und auch sie selbst sah aus, als hätte das Feuer sie erwischt – schwarz, gebrechlich, zerzaust. Sie stocherte mit dem Stock herum und murmelte: »Der Herrgott ist ein Mannsbild, jaja, der Herrgott ist ein Mannsbild.«

Der rotblonde Feldwebel

Der rotblonde Feldwebel saß am Schreibtisch und sah aus dem Fenster. Es regnete seit dem frühen Morgen. Die Dächer glänzten dunkel. Der UAZ, sein Dienstwagen, der an der üblichen Stelle stand, sah aus wie eine grünliche Insel inmitten eines grauen Sees. Das beunruhigte den Feldwebel ein bißchen: Das Wasser würde sicher bis zum Abend nicht fallen, und jemanden um Gummistiefel zu bitten, war nicht so das Wahre. Beschlagnahmen? Er schüttelte den Kopf und verwarf den Gedanken. Er trank seinen kalten Kaffee aus und stellte den Ventilator an, schaltete ihn aber gleich wieder ab. Man könnte schon Licht anmachen und die leidige Dunkelheit vertreiben, dachte er, aber es gab keine Gardinen, und er wollte nicht dasitzen wie in einem Schaufenster. Aus Niżna kam ein Lastwagen. Er nahm ihn genau in Augenschein, aber das Auto transportierte nur Regen. Der Feldwebel stand auf und ging zum Fenster, damit jemand, egal wer, an der dunklen Fensterscheibe sein waches, weißes Gesicht sehen konnte. Auf der anderen Seite der Straße stand ein Betonobelisk mit den roten Buchstaben PPR. Das »Z« war schon abgeschlagen worden, da hatte jemand die Zeit zurückgedreht oder womöglich vorgestellt. Das war vor einem Jahr gewesen, drei junge Typen auf Motorrädern, es wurde gerade dunkel. Er ging hinaus, sie sahen Licht in der offenen Tür, riefen ihm ein paar Schimpfwörter zu, traten in die Maschinen, die MZs springen leicht an, alles, was er in die Hände bekam, war ein roter Helm, der auf der Erde liegenblieb. Er schloß ihn im Schrank ein, mehr unternahm er in dieser Sache nicht.

Ja, Gummistiefel, dachte er. Er ging auf den Flur und schaute in dem kleinen Lager nach, wo Bürsten und Gerümpel lagen und ein Fahrrad stand. Aber er fand nur schwere schwarze Uniformstiefel. Zur Not gingen sie. Er kehrte ins Büro zurück. Das Telefon verhielt sich ruhig. Aus dem offenen Panzerschrank hing ein schwarzer Gürtel, irgendwo da drin war ein Halfter mit einer Pistole. Über dem Spülstein tropfte der Wasserhahn. Der wichtigste Bestandteil des Dienstes ist Bewegungslosigkeit, dachte der Feldwebel und spazierte von einer Wand zur anderen. Schritt für Schritt folgte ihm das Knarren des Fußbodens. Er schlug mit der Faust in die offene Hand.

Um diese Zeit hätte er rausgehen sollen, in der Mütze, mit der Waffe, die eine Hand in der Hosentasche, um durch das schattige Gäßchen zum Zifferblatt der Sonnenuhr zu gelangen – zum Marktplatz, wo die Kirche Mittag bedeutet und die Kneipe sechs Uhr, wo um drei der Laden ist und um neun der Bus fährt. Herumtreiber und andere Leute sitzen irgendwo oder wuseln herum wie Sekunden. Auf einer Bank war immer der Platz Józeks gewesen, der seinen besoffenen Traktor vor dem Ort abstellte, sich hierhersetzte und wartete, daß ein Kumpel kam oder auch nichts geschah. Als Józek eines Tages tot war und nicht mehr kam, nahm Edek seinen Platz ein, und der rotblonde Feldwebel blieb immer eine Weile stehen. Edek erzählte dann, was er wußte, und erwartete, daß der Feldwebel ein bißchen weniger wußte.

Aber heute war nichts los. Der Kirchturm warf keinen Schatten, der Marktplatz war leer und erinnerte eher an eine Wasseruhr. Über das schiefe Pflaster liefen kleine Bäche von Westen nach Osten, schlüpften in die Gassen und strebten auf dem kürzesten Weg zum Fluß.

Der Feldwebel warf einen Blick auf den elektrischen Teekessel auf dem Fensterbrett. Daneben war ein bißchen Zucker aus der Papiertüte gerieselt. Auf dem lockeren Häufchen saß eine Fliege und drehte ein mattes Würfelchen zwischen den Vorderbeinen. Er versuchte zu verstehen, wie dieses leichte, fast körperlose Wesen mit der eckigen, harten Materie zurechtkam. Also streckte er die Hand nach der Fliege aus, aber er sah nicht mehr, ob sie mit ihrer Beute weggeflogen war oder sie fallengelassen hatte. Einige Kristalle waren abgerutscht, und an der Stelle des Starts war eine winzige Vertiefung entstanden.

Von Niżna her, auf der von trostlosen Zwergweiden gesäumten Straße, kam ein Żuk. Die zerrissene Plane flatterte wie der Umhang eines apokalyptischen Reiters. »Dziunek«, dachte der Feldwebel und drehte am Knopf. Radio Rzeszów brachte Nirvana, also wanderte er die Skala entlang. RMF war kaum zu hören, Radio Drei spielte Nick Cave, er ging zu Rzeszów zurück und suchte dann Bratislava und blieb dabei. In der unbewegten Luft materialisierten sich die Töne der Zimbals, Geigen und Bässe nach dem Ebenbild eines Insektenschwarms. Schwirren, Summen, Flattern. Irgendwie wurde es trockener davon. Der Feldwebel machte zwei Knöpfe seiner Uniform auf und einen wieder zu. In der Pfütze zwischen den Rädern des Dienstwagens schwammen Enten. Irgendwie sah das unpassend aus.

»Ich kann zwar jemandem sagen, er soll seinen Hund rufen und anbinden, aber mit den Enten haut das nicht hin«, dachte er. Die Vögel verschwanden unter dem Bauch des Fahrzeugs, tauchten wieder auf, spielten Dach, Haus oder Brücke.

Von links, vom Marktplatz her, war ein hohes, angestrengtes Knattern zu hören, gleich darauf erschien das Fahrzeug von Jan Zalatywój. Auf dem Anhänger war ein wasserdichtes Verdeck befestigt, das schäbige Dach reichte bis zum Fahrer, doch der Südwind wirbelte Regenstreifen auf und drückte sie unter die Plane. Das alte Motorrad kletterte über das löchrige Asphaltband Richtung Niżna, schon verdeckten es die Weiden, die nasse Luft verdünnte allmählich das Jammern der Maschine. »Gott sei mit ihm«, dachte der Feldwebel. »Er ist vielleicht der Anständigste hier, wenn er auch keinen Führerschein hat und das Ding nicht angemeldet ist.«

Jan Zalatywój fuhr jetzt an einem steinernen Engel vorbei, der an heiteren Tagen abflugbereit auf seinem Hügel schimmerte, aber jetzt stand er schwer und grau da, mit hängenden, durchnäßten Flügeln. Danach kam nichts mehr. Erde und Himmel waren durch eine unsichtbare Naht aneinandergeheftet. Zalatywój mußte ein Loch in diesem Vorhang kennen, einen geheimen Übergang auf die andere Seite, in das Tal mit der toten LPG, wo der Wind den restlichen Gestank aus den Schweineställen fegt, die lang wie Züge sind, und in den Fenstern statt der Scheiben Spinnweben wehen. »Ach«, sagte der Feldwebel. »Was hat das alles bloß gebracht.«

Die Musik im Radio war zu Ende. Jetzt wurde slowakisch gesprochen. Er schaltete ab, setzte sich an den Schreibtisch, zog die Schublade heraus, nahm sich ein Brot, wickelte das weiße Papier auf und begann zu essen. Aus der anderen Schublade holte er die »Nachrichten«. Er breitete die Zeitung aus, vertiefte sich in die Lektüre und schnippte von Zeit zu Zeit imaginäre Krümel weg. In der Kneipe in Żurawica hatte jemand mit der Axt das Waschbecken und den Wasserhahn zertrümmert, bei Medyka hatte ein Traktor selbsttätig seinen Besitzer überfahren, auf der Brücke in Nagnajów lag seit zwei Wochen ein verendeter Hund. Das Leben nahm die verschiedensten Formen an, verkörperte sich und gab die Leiber von Tieren und Menschen wieder auf. Heute regnet es, übermorgen hört's auf, man weiß ja, worüber man nicht springen kann, ein Stündchen wird man noch sitzen müssen, damit die Bürger sich sicher fühlen und die Straffreiheit nicht zur zweiten Natur des einen oder anderen wird. Er kam zur Sportseite. Die dritte Liga kämpfte in ihrem Bannkreis. Zufrieden dachte er daran, daß es hier kein Stadion und keine Mannschaft gab, denn Menschenmengen, auch solche der dritten Liga, sind unberechenbar, und was hatte er schon gegen die Begeisterung aufzubieten – seine Dienstpistole, die strengen Anweisungen für den Gebrauch, einen Gummiknüppel und einen Schaumlöscher auf der Wache. Er hätte Reden halten, zur Ruhe und zum Auseinandergehen aufrufen müssen, und das machte ihm angst. Denn der rotblonde Feldwebel war schüchtern, und vor Publikum verlor er die Nerven.

Ihm wurde kühl. Vom Fußboden her zog es, eine Ecke der Zeitung flog auf und legte sich wieder. Mitten im Zimmer stand jemand.

»Sie, man geht nicht in ein Amt wie ... Man schließt die Tür.«

Der Ankömmling machte einen Schritt vor. Das feuchte, graue Licht, das vom Fenster kam, ruhte in mattem Glanz auf seinem Gesicht. Der Feldwebel kniff die von der Zeitung geblendeten Augen zusammen.

»In welcher Angelegenheit?« Er legte das angebrochene Brot in die Schublade zurück und fuhr mit der anderen Hand über die Uniformknöpfe. Zwei waren offen.

Blitzschnell, mit jahrelanger Übung, drückte er sie durch die Löcher, setzte sich auf dem Stuhl zurecht, die Lehne knarrte, und sein Blick gewann, wie ein Objektiv, seine Schärfe wieder.

»Irgendwie zieht's aus deiner Richtung«, sagte der rotblonde Feldwebel.

»Ich bin schließlich erfroren«, erwiderte Kościejny.

»Na ja, aber jetzt ist es warm. Du müßtest auftauen.«

Sie saßen einander gegenüber, der eine rotbackig, kräftig, mit Schweißperlen der Unsicherheit auf der Stirn, der andere wie eine unbewegliche Holzfigur, alles andere als verschwitzt, obwohl sein Gesicht mit Feuchtigkeit überzogen war wie ein Gefäß aus dem Eisfach. Ein Praga mit kurzer Schnauze fuhr den Hügel herunter. Das Tannenholz hatte die Farbe von Tabakrauch. »Gacek«, dachte der Feldwebel. »Bestimmt Schwarzarbeit.« Aber er tat nichts, legte nur die Zeitung zusammen. Zuerst zur Hälfte, zu einem Viertel, dann noch mal und noch mal. Der Lastwagen fuhr unverschämt langsam am Kommissariat vorbei.

»Ich war beim Pfarrer«, sagte Kościejny.

»Und?«

»Nichts. Ich bin ins Pfarrhaus gegangen. Er hat Suppe gegessen. Tomatensuppe. Heiß war sie, er hat geblasen. Ich stand am Tisch. Er hat nicht mal aufgeschaut. Dann ist die Haushälterin gekommen und hat das Hauptgericht gebracht. Schweinekotelett, über den halben Teller. Und wie's gerochen hat, Herr Feldwebel, wie's gerochen hat . . .«

»Haben sie dich nicht gesehen?«

»Nein.«

Der dunkelblaue Schirm des Himmels hing über dem

Horizont. Von Südosten schlüpfte eine schmale goldene Klinge unter die schlaffe Krause der Wolken. Auf dem Marktplatz in Bardejov lagen jetzt sicher schon Abendschatten.

»Wozu läufst du denn so durch die Gegend, Kościejny? Du erschreckst die Leute. Irka hat dich in der Kneipe gesehen. Geht's dir schlecht dort?« Der Feldwebel machte eine vage Handbewegung.

»Dort? Dort geht's allen gut, besser als hier, aber irgendwie . . .« Kościejny setzte sich auf, streckte die große Hand aus, schloß sie, öffnete sie und schloß sie wieder. »Nichts zum Greifen, nichts zwischen den Fingern.«

»Warst du bei deiner Frau?«

»Die hat mich früher nicht gesehen, dann wird sie mich jetzt auch nicht sehen. Ich geh in die Kneipe, weil sie da Wodka trinken, essen und sich prügeln. Jetzt geh ich hin, wenn Irka nicht da ist. Ich setz mich in die Ecke, schau mir alles an, und mir bricht beinah das Herz.«

Von Czeremcha her kam ein leuchtender Schnitt. Ein bläulicher Regenkeil schoß nach oben, der Wind trieb ihn nach Norden. Die Mauer des österreichischen Friedhofs flammte rot auf, das Feuer verbreitete sich kreisförmig und umfaßte die Spitze des Hügels. Ein orangefarbener Splitter durchbrach die Fensterscheibe, sauste durch Kościejny hindurch, zerstäubte an der Wand und erlosch.

»Warum kommst du ausgerechnet zu mir?« fragte der rotblonde Feldwebel.

»Weil ausgerechnet du mich siehst, Feldwebel . . . Und für 'ne Amtsperson gehört sich's nicht, daß sie sich wundert oder fürchtet.«

»Na ja«, sagte der Feldwebel und wischte sich die Stirn.

»Außerdem möcht ich was von dir wissen.«

»Und?«

»Wo in der Gegend ein Schwein geschlachtet wird.«

»Was?«

»Wo geschlachtet wird, Feldwebel. Du redest mit den Leuten, du weißt so manches. Das Schlachten fehlt mir am meisten.«

Die Nacht

Am 24. Juli ging der seines Körpers beraubte Kościejny
des Weges. Der Emailledeckel des Himmels lag dicht auf
der Erde. Zwischen spröden Gräsern raschelten Eidech-
sen. Kościejny warf keinen Schatten. Die nach Verkörpe-
rung dürstende Seele hatte die linke Hand in der Tasche
der Drillichhose und empfand keinen Schmerz in den Füßen. Die graue Narbe der Straße schnitt das Tal in zwei
Hälften und verschwand auf dem Paß. Auf der anderen
Seite sah die Welt genauso aus: die Berggipfel bläulich vor
Hitze, die Steine weiß.

Im Rücken hatte er Żłobiska. Der Kirchturm stand wie
ein Segel im windstillen Blau. Dort, in der Kirche, war er
heute früh gewesen. Er hatte sich hingestellt, wo er im Leben auch immer gestanden hatte – rechts, in der Nähe des
Vorhofs. Nichts geschah. Aus der Sakristei kam der Küster. Er kniete vor dem Altar nieder und ging zum Tor.
Die beschlagenen Schuhe pochten wie eine Uhr in der
Ewigkeit. Er öffnete einen Flügel und kam zurück. Die
Sonne schien waagerecht durch die Mosaikfenster. Kościejny spürte seine Nichtexistenz doppelt. Als er hinaus-
ging, tauchte er instinktiv die Hand ins Weihwasserbek-
ken. Das Wasser blieb unberührt. Der Erzengel über dem
Altar blies in seine Trompete. Von seinem Gesicht rieselte
Staub. Ein Streifen von winzigen Partikeln, leicht wie
Luft, fiel in einen Sonnenfleck und zitterte wie ein golde-
ner Faden. Der Holzwurm nagte an Gabriel.

Kościejny ging seiner Wege und verspürte keine Müdigkeit, obwohl er die letzte Nacht weder Schlaf noch

Ruhe gefunden hatte. Er sah in der Dunkelheit genauso gut wie am Tag. Gegenstände, Bäume, Tiere, Menschen. In letzter Zeit hatte er sich all das angesehen, war bis auf einen Schritt und näher herangegangen, hatte die Häuser betreten, die Gerüche der Leiber eingesogen. Die Ereignisse flossen durch ihn hindurch, nichts blieb ihm verborgen. Er setzte sich vor die Fernseher, sah sich Filme an, drei, vier an einem Abend. Die grünen Ziffern in den Fensterchen der Videorecorder sprangen monoton weiter, maßen die Unendlichkeit der Geschichten, und er hatte das Gefühl, daß von allen Lebenden diese Filmfiguren ihm am ähnlichsten waren. Sie zogen durch die Luft, starben, wurden wieder geboren – unsterblich, zur Wanderschaft verurteilt und bedeutungslos. Lewandowski saß in seinem Haus, im dunklen Zimmer, wie Jonas im Bauch des Wals, und die Möbel glichen glänzenden Innereien. Die heiße, betrunkene Nacht schaukelte das riesige Gebäude und versuchte es ans Ufer zu werfen, doch Lewandowski griff zur Flasche und schob die Katastrophe hinaus. Im Unterwasserlicht des Bildschirms taten Männer und Frauen das, was sie immer tun. Ihre Körper sahen aus wie verschwitzte und schöne Mechanismen, also drückte Lewandowski die Fernbedienung, hielt die Figuren an, ließ sie weitermachen, hielt sie an, setzte sie wieder in Gang, beschleunigte sie oder ließ sie von vorne anfangen. Sie funktionierten tadellos. Kościejny stand an der angelehnten Tür. Er betrachtete Lewandowskis seltene, langsame Bewegungen: Glas, Flasche, Zigarette, betrachtete die nackten, im Halbdunkel schimmernden Arme. Dann ging er näher heran, blieb knapp hinter ihm stehen und roch etwas – den langsamen Säufertod, diese schwache Flamme, die Gehirn und Eingeweide verbrennt.

»Ach, Mietek«, sagte er lautlos und ging vor das Haus, in die Dunkelheit voller Geschrei und flackernder Motorradlichter, denn der Laden war jetzt geöffnet, bis den Leuten die Kraft ausging. Kościejny ging am Straßenrand entlang. Hunde zerrten an ihren Ketten. Die offenen Fenster sahen aus wie Puppentheater. Gelbes Licht beleuchtete die Mühsal des sonnabendlichen oder sonntäglichen Abendessens, und der lebenshungrige Kościejny blieb an den Fenstersimsen stehen, lauschte dem Tellerklappern und den Erzählungen, aber niemand sprach seinen Namen aus. Nicht einmal die, mit denen er sich früher geprügelt und mit denen er getrunken hatte. Manchmal stand jemand vom Tisch auf, sah auf den Hof hinaus und sagte: »Sind die Hunde toll geworden, oder was?«

Während er jetzt die Straße entlangging, rief Kościejny sich all dies in Erinnerung, all die vergangenen Stunden, in denen er von Dorf zu Dorf gewandert war. Die Nacht versuchte die Siedlungen zu trennen, indem sie ihre schwarzen Bandagen auf den Feldern ausbreitete, doch im Juli wird es nie ganz dunkel, denn die Luft ist voller Stimmen. Vor Młaczne, im wilden Niemandsland der Wiesen, ratterte eine Nachtschwalbe. Das monotone, hölzerne Geräusch kam irgendwo unter der Erde hervor. Oben war ein leises Rascheln zu hören, obwohl in dieser Einöde kein Baum wuchs. Die orthodoxe Kirche, dachte er, die Kirche. Ihre Reste waren am Wegrand verstreut. Auf den dicken Mauern, die kein Dach mehr trugen, wuchsen vom Wind gesäte junge Birken. Er kam zur Landstraße. Über dem Asphalt hingen reglose Hitzestaus. Der Vogel mit seinem unheilverkündenden Lied blieb zurück, und er ging weiter, Richtung Młaczne, vorbei an ein paar dunklen Hütten. Aus den Höfen drang warmer Tiergeruch, ein Pferd schnaubte. Er blieb stehen, doch eine aus der Hütte hängende Kette schepperte und ein Hund bellte. Er ging Richtung Żłobiska. Drei Laternen versprühten silbernes Pulver am Himmel. In einem gemauerten Haus unter einem Blechdach amüsierte sich jemand. Er bog ab, ging durch ein mit Gerümpel vollgestelltes Gehöft, vorbei an Gaceks Lastwagen. Im Schatten der Scheune blitzte Edeks Auto. Aus dem Fenster flog eine Flasche und zerschellte in der Mitte des Hofs. Kościejny ging in die Diele. Der Gestank von Gummistiefeln und Drillichzeug erinnerte ihn an sein vergangenes Leben.

Gacek und Edek saßen am Tisch, eine dreißigjährige Frau auf der Couch. Gaceks Oberkörper war nackt. Auf dem braungebrannten Rücken zeichnete sich weiß der Umriß des Unterhemds ab. Die Schnallen und Druckknöpfe an Edeks Jacke blitzten wie Orden. Die Frau hatte rotes Haar und trug eine zitronengelbe Bluse. Edek stellte eine volle Flasche Wodka auf den Tisch. Gacek stieß die Gabel in eine Scheibe Dosenfleisch, vergaß sie und starrte auf den Bildschirm, wo leise ein Liebesfilm lief.

»Gacek, denk nicht so viel, mach's einfach«, sagte Edek, hob das Glas, und der Stein an seinem kleinen Finger schimmerte wie ein Tropfen dunkles Blut. Gacek betrachtete das Schweinefleisch und sagte:

»In der Nacht ist es unheimlich, am Tag riskant.«

»Dein Typ macht sich aber leicht ins Hemd, Maryśka.« Edek goß das Glas voll und reichte es dem anderen. »Trink! Daß du Mut kriegst!«

»Was heißt da: mein Typ. Ich komme ab und zu her . . .«, sagte die Frau und strich die Bluse auf den kugelrunden Brüsten glatt.

»Würdest du auch zu mir kommen?« Edek steckte die

Daumen in den Gürtel und lehnte sich mit dem Stuhl nach hinten.

»Ich hab keine Angst.« Ihr Goldzahn blinkte, verächtlich blies sie eine Rauchwolke aus.

Kościejny stellte sich neben die Kommode mit dem Kassettenrecorder, der spielte: »Du warst meine Einzige, und jetzt schaust du mich nicht mehr an.« Draußen fuhr ein Traktor ohne Licht vorbei. Im Fernseher ging eine schwarzhaarige Frau über den Strand, das Meer hatte die Farbe von chemischem Ultramarin. Um die Lampe flatterten Falter. Ihre Schatten stießen sich an der Wand, als suchten sie einen Ausgang. Edek schnippte die Asche auf das grüne Linoleum.

»Brauchst du kein Geld, Gacek? Eine Runde, eine Stunde Fahrt hin und zurück.« Die Gabel klirrte auf dem Tisch, eine Fliege flog vom Teller auf, der Strand verwandelte sich in eine vornehme Wohnung.

»Nein«, sagte Gacek und goß sich ein. Als er das Glas zum Mund führte, lief ihm ein durchsichtiges Rinnsal über die Finger. Seine Nägel waren schwarz von Schmieröl. Edek stand auf und zog die Jacke aus. Das Unterhemd, vor einer Stunde weiß, hatte jetzt die Farbe von nassem Schnee.

»Hej, Maryśka! Die Nacht ist bald vorbei!« Und er schnappte sich die Frau und tanzte mit ihr. Schwer stießen sie gegeneinander, lautlos und sinnlich, und tanzten dann klirrend hinter dem Tisch hervor zur Tür, dann die Wand entlang und wieder zurück, wie ein schwangerer Kinderkreisel. Ein Glas fiel, barst, aber das Knirschen unter den Füßen ging in Maryśkas Lachen unter. Sie fegte mit ihrem roten Haar die Luft, das Feuer peitschte Gaceks nackte Schultern. Die Hitze ergoß sich wie schwarzer Honig durchs Fenster, und die Leiber der Tänzer kreisten langsam, verschlungen, verbunden durch die Gewißheit, die sich bei der ersten Berührung einstellt, wenn alles, was geschehen wird, eigentlich schon geschehen ist. Der blutschwere Strudel sog alles ringsum ein. Die gemusterten Wände, die halbnackte Sandy aus der Zeitung, die gelbe Kugel des Leuchters, den Tisch mit seinen Satelliten Aschenbecher und Geschirr, die Couch, die dunkle Muttergottes von Tschenstochau hinter Glas, den Fußboden. Ein Schauer ging durchs Haus bis zum Dach und weiter bis zur weichen Haut des Himmels, an dem sich die Sternbilder aneinander rieben und in die Kluft des Westens glitten, dunkler als die Nacht. Nur Gacek rührte sich nicht.

Plötzlich brach die Musik ab, aber sie wiegten sich weiter, als brauchten sie keine Töne dazu. Ein Stuhl fiel um. Edek kickte ihn in die Ecke und machte an dem Recorder rum, aber er wollte seine Tänzerin keinen Augenblick loslassen.

»Was zu trinken!« rief Maryśka, aber die Flasche war leer.

»Na, Gacek?« lachte Edek. »Hast du auch Angst, Wodka zu holen?«

Die Straße führte jetzt nach unten, in den heißen Schatten der Fichten, und sah aus wie ein ausgetrockneter Fluß. Auf dem ruthenischen Friedhof wickelten sich die Dornen der Schlehen um die Kreuze, taub und blind für die Welt lagen die Toten unter der Erde. Kościejny ging an einem umgestürzten Grabmal aus Sandstein vorbei, dann am nächsten, das mit einem verrosteten Christus geschmückt war. Ein Arm des Kreuzes war abgeschlagen, die rechte Hand der Figur erhob sich einsam zum Himmel. Nach zehn Schritten hörte er auf, die Toten zu beneiden. Es holten ihn die Augenblicke ein, die er hinter sich hatte. Besonders der Moment, als es ganz still im Zimmer war und Gacek langsam zu sich kam, angespannt, starr, mit Fingern, die weiß waren von der Umklammerung der Tischkante, und es schien sicher, daß die Kante gleich krachen, abbrechen würde wie ein Stück Waffel, doch da dröhnte wieder Musik aus den Lautsprechern, und er stand einfach auf, stand langsam auf und hielt sich an der Kante fest, als wäre auf seine Beine kein Verlaß. Die beiden hatten ihn vergessen, der Tanz des Blutes hatte sie gegen den Fernseher gestoßen, der schwankte, aber weiterhin zeigte, was er zu zeigen hatte. Sie sahen jetzt aus wie die Schatten der Falter, und wären nicht die Wände gewesen, der Würfel des Hauses, so hätten sie sich längst im aufgeschlagenen, schwülen Bett der Nacht gewälzt.

»Ja. Angst und bange«, sagte Gacek leise. Er ließ den Tisch los und ging zur Tür.

Im Licht des Führerhauses hatte Kościejny gesehen, daß sein Gesicht klatschnaß war. Aber es war nicht klar, ob von Schweiß oder von Tränen.

Der Motor begann gleich beim ersten Mal zu rattern, der Star machte einen Satz nach vorn, um ein Haar auf das Hinterteil von Edeks Ford. Bevor sie zum Tor kamen, legte sich der Holzzaun vor ihnen um, weich wie das Korn unter der Sense, und der Pfosten, an dem das Türchen hing, schnellte gegen die Stoßstange und war weg. Sie fuhren auf die Landstraße. Die Scheinwerfer erreichten nicht das Ende des Dunkels, der klebrige Asphalt fesselte das Auto, und die Fahrt erinnerte an einen Alptraum, wenn man läuft, und nichts kommt näher, nichts entfernt sich. Gacek gab Vollgas, der Tacho stand auf der Stelle, die Finsternis spuckte Häuser aus und verschluckte sie wieder. Das harte Dröhnen des Diesels sprengte das Fahrerhaus, schlug gegen das Himmelsgewölbe, prallte ab, flog nach unten, vervielfacht vom Echo des Weltalls, und Kościejny kam der sinnlose Gedanke: »Verdammt, man hört uns bis Krosno.« Gacek flüsterte wieder: »Angst und bange, mein Gott…«

In der Kurve vor Żłobiska landeten sie auf dem Rand-streifen. Sie hörten das Knirschen der Räder auf dem lok-keren Kies. Steinchen schlugen gegen Metall. Der lange Anhänger mähte einen Pfosten nieder, das rote Auge flog in den Graben und erlosch. Eine Minute später waren sie im Städtchen.

Er erreichte schließlich den Paß. Die Sonne hatte den größten Teil des Himmels schon hinter sich. Im Westen, irgendwo zwischen Czumak und Sukowaty, erhob sich eine einzelne Wolke. Ihr Rand war golden und hatte die Form, die der Riemen einer Peitsche in der Luft be-schreibt. »Dort ist es kühl«, dachte Kościejny. Die Kronen der wilden Apfelbäume waren dunkel wie ihre eigenen Schatten, die sich über die Straße ergossen wie Pfützen aus Tinte. Diese Kühle sollte ihn von der Glut und dem Lärm der vergangenen Nacht trennen, denn wie im Le-ben, so brauchte er auch jetzt Linderung. Doch er hatte keinen Körper, um sie zu spüren, also versuchte er sich Erleichterung, Stille und Ruhe vorzustellen, suchte sie im Gedächtnis, doch da war nur der ölige Geruch des Autos, das mitten auf dem abschüssigen Marktplatz abgestellt worden war. Es stand unter einer schäbigen Laterne, starr wie ein abgehetztes Pferd, und Gacek war in irgendeinem

Eingang verschwunden, kam wieder rausgetorkelt, verschwand im nächsten, der Krach und sein Fluchen prallten von den Wänden ab, schließlich fand er die richtige Tür und kam mit drei Flaschen heraus. Er stieg mit einer unverhofft nüchternen und geschickten Bewegung auf den Fahrersitz, aber durch den Gestank von erhitztem Metall, Gummi und Diesel hindurch spürte man den Geruch des Wahnsinns. So riecht Gewitterluft, voll von Elektrizität, wenn der Teufel in eine menschliche Hülle schlüpft und der Mensch ruhig wird, weil er weiß, daß er nicht mehr abkommen wird von dem, was er zu tun hat.

Auf dem Rückweg fuhren sie schnell, aber sicher. Gacek trank aus der Flasche und wurde mit jedem Schluck nüchterner. Kościejny betrachtete seinen Adamsapfel.

Edeks Auto stand im Schatten der Scheune. Alle Lichter im Haus waren aus.

Maryśka

Bei der Hitze wird man ganz meschugge. Haben Sie mal
gesehen, wie im August die trockenen Wiesen brennen,
wie der Südwind das Feuer treibt und nur schwarze Erde
übrigbleibt, schwarzer Staub, Vogelknochen und Skelette
von dummen Ringelnattern, die aus der Erde gekrochen
sind? Die kann man zwischen den Fingern zerreiben. Sie
haben das nie erlebt, aber so muß es ausgesehen haben.
Hitze, die Luft wie ein Blechdach, ein Streichholz genügt,
wenn Wind weht. So muß das gewesen sein. In der
Nacht, aber trotzdem. Ich sag Ihnen: die Hitze ist in sie
gefahren wie der Wodka. Da genügt ein Streichholz, ein
Wort. Die Wahrheit erfährt man nie, nicht einmal, wenn
man dabei gewesen ist. Sie sind ja nicht von hier. Ich hab
alle drei gekannt, wie man sich hier so kennt. Aber das ist
am Tag. Dann kommt die Nacht, und alles ist ganz anders.
Gacek, Edek, Maryśka … Maryśka, Edek, Gacek. Wo
fängt das alles an? Maryśka – ich weiß noch, wie sie sech-
zehn war und ein weißes Kleidchen anhatte, bis übers
Knie. Anfang Juni, und die Beine schon braun. Vielleicht,
weil man sie nie in Hosen gesehen hat, und die anderen
Mädels damals – immer lange Hosen. Hier, über den
Marktplatz, ging man zum Fluß, ins Weidengebüsch. Die
Jungs, dann die Mädchen, hinter ihnen, ein bißchen ab-
seits, man weiß ja, wie das ist: sie wollten, aber sie hatten
Angst. Nur sie hatte keine. Ich weiß noch, einmal im
Frühjahr, im Mai vielleicht, da ging noch keiner ins Was-
ser, die anderen saßen am Ufer, hängten die Füße und die
Haken rein, und sie zog sich einfach aus, machte die

Knöpfe auf, das weiße Kleid fiel runter, sie stieg raus und ging ganz ruhig auf den Damm, wissen Sie, auf den, den die Deutschen im Krieg aus jüdischen Grabsteinen gebaut haben. Da ist es ganz still geworden. Alle Köpfe drehten sich nach ihr um. Nein, nackt war sie nicht. Irgendwas hatte sie an, aber es war windig, und ihre schwarzen Haare wehten, vielleicht sah sie deshalb so nackt aus. Eine Stille war das . . . Sie ging bis zur Mitte des Damms. Das Wasser war grün, es muß am Tag davor geregnet haben, ganz grün das Wasser, es reichte ihr bis zu den Knöcheln, und sie war braun, als hätte sie das ganze Leben in der Sonne gelegen. Sie schaute die Jungs an, als wollte sie sie auslachen, und dann stieß sie sich von den Steinplatten ab und sprang. Mit dem Kopf voraus. Und dort war es gar nicht tief. Gleich hinter dem Damm wurde es flacher, und Steine, ich sag's Ihnen, größer als Pferdeschädel. Aber sie tauchte wieder auf. Und als sie aus dem Wasser stieg, naß, alles angeklebt, da haben alle gesehen, das ist das, wovon die Jungs nachts träumen. Wie 'ne Schlange hat sie geglänzt. Dann hat sie das Kleid angezogen, die aufgerissenen Mäuler hat sie gar nicht beachtet, und ist gegangen. So war das, ich sag's Ihnen, wenn Sie auch nicht von hier sind. Wenn Sie 'ne Flasche Wein holen, erzähl ich weiter.

Sie hatte sechs Schwestern, arm wie Kirchenmäuse. Bei ihrer Mutter ist unlängst das Haus abgebrannt, da hat der Blitz eingeschlagen. Und die Schwestern – alle so farblos, das heißt blond, und wäßrige Augen hatten die, wie Eis. Und sie – als sie älter geworden ist, da hat sie wohl was gespürt, und dann bestimmt auch gehört, denn die Leute sind wie sie sind, die können den Mund nicht halten. Sechs blaß wie der Mond, und sie das schwarze Schaf. Sie hat nur drauf gewartet, sich auf und davon zu machen, ab in die Welt, einmal wegen den Leuten, aber auch, weil sie so ein Temperament hatte. Sie fuhr zu einer der älteren Schwestern, die verheiratet war und Kinder hatte, nach Krosno, glaub ich. Aber sie ist schnell wieder gekommen. Bestimmt hat der Schwager ein Auge auf sie geworfen. Da ist sie in dieses Kaff zurückgekommen, ein Holzhaus, mit Pflöcken befestigt, wo sich die Füchse gute Nacht sagen, die Mutter fix und fertig, und die Mädchen wie schlafende Prinzessinnen, am hellichten Tag liefen sie im Nachthemd im Hof rum, mit Federn im Haar. Der Vater? Der Vater hat seine Schuldigkeit getan und ist gestorben. Er ist ertrunken, kurz nachdem die Jüngste geboren war. Man hat sich erzählt, er wär auf dem Heimweg gewesen und im Bach eingeschlafen. Und kein Mensch hat ihn geweckt.

Was hätte sie da tun sollen? Wieder ist sie weggefahren, abgehauen. Zu einer anderen Schwester, in die Nähe von Rymanów, auch schon verheiratet. Wissen Sie, so eine wie die sollte einen Bruder haben. Damit sie irgendwohin kann. So eine hat unter Weibern nichts zu suchen, deshalb ist sie hierhergekommen, nach Żłobiska, obwohl hier nichts los ist.

Haben Sie 'ne Zigarette? Beim Wein kriegt man Lust zu rauchen.

Hier war immer einmal im Monat Tanz. In der alten Remise. Jetzt gibt's die nicht mehr. Sie stand gleich hinter der Polizei. Einmal im Monat ein Buffet und eine Band, Akkordeon, Schlagzeug, Gitarre, und vom Boden kam so ein Staub hoch, daß man schon deswegen ständig trinken wollte. Dunkel, ein paar Birnen in Krepp, in der Mitte war's zuerst leer, weil alle noch an den Wänden standen, die Jungs für sich, die Mädchen auf der anderen Seite, und erst als ein paar Stücke gespielt waren, als man ein paarmal am Buffet war, da haben die Paare, die sich besser kannten, die ersten Schritte gewagt. Zuerst abseits, im Schatten, dann mehr in der Mitte, zur Bühne hin, bei der Trommel. Sie ist auch immer dort gewesen. Ganz allein, mit niemandem, in diesem weißen Kleid, sie ist von einer Bekannten zur anderen geschwirrt, aber eigentlich hat sie nur auf ein Stück gewartet, bei dem sie mitten im Saal rumwirbeln und zeigen konnte, was sie zu bieten hat, sie hat gewartet, daß die Musiker warm werden, daß sie richtig in Fahrt kommen und locker werden, denn am Anfang hat es, egal, was sie spielten, immer wie ein Marsch geklungen. Und dann ist sie mittenrein gesprungen, zwischen die Pärchen, die, die sie kannten, haben ihr Platz gemacht, und sie hat mit ihrem Tanz angefangen. Nur sie, ganz allein. Manchmal ist ein Fremder oder ein ganz Mutiger aufgetaucht und hat sie aufgefordert, aber nach zwei oder drei Runden hatte er genug. Dann stand er mit rotem Gesicht da, erhitzt, benommen, mit runtergerutschter Hose und raushängendem Hemd. Und sie hat angefangen sich zu drehen, rumzuwirbeln, daß ihre schwarzen Haare sich um den Hals wickelten und das weiße Kleid um die Beine und die Hüften, und manchmal standen alle auf, und die Musiker spielten nur noch für sie, immer lauter und immer schneller, sie standen da und guckten, wie sie schließlich die Schuhe auszog und sich barfuß, die Hände über dem Kopf, auf der Stelle drehte, als wär sie an 'nem Faden an der Decke aufgehängt, denn die nackten Fersen haben wohl nicht mal den Boden berührt. So war das. Ich hab damals selbst an der Wand oder am Buffet rumgestanden und hab's gesehen. Und das war noch die Zeit, als man nicht einzeln getanzt hat, und deshalb haben sie sie angeglotzt wie 'ne Verrückte, aber sie konnten nicht aufhören zu glotzen. Die Mädchen vor Wut, und die Jungs wahrscheinlich, weil sie dann was hatten, woran sie nachts denken konnten. Und mit wem hätte die auch tanzen sollen.

Aber bis zum Schluß ist sie nie geblieben. Wenn es dann angefangen hat, das, warum man den Tanz überhaupt veranstaltet, daß sich die Pärchen verdrücken, das Kichern im Dunkeln, hinter der Remise, in den Weiden am Damm, wenn dann nach Mitternacht die Nacht erst richtig anfing, dann ist sie verschwunden. Niemand hat sie jemals mit einem gesehen, obwohl so mancher gern gewollt hätte. Was heißt da so mancher. Jeder. Und vielleicht, weil sie nie mit jemand was hatte, haben die Leute getratscht, daß sie mit jedem was hätte. Sie muß das gewußt haben. Hier weiß man alles. Und sie hat nie was gesagt. Wie 'ne Königin. Sie ist gekommen, hat getanzt, keiner hat sich an sie rangetraut. Vielleicht aus Angst? Denn sie war von hier und nicht von hier.

Sehen Sie, das ist die Straße nach Dukla. Da geht's raus in die Welt. Irgendwann war es dann soweit. Sie war vielleicht zwanzig. Ein Rzeszówer Kennzeichen, dunkler Anzug, dunkle Brille, Bahama yellow, wie man damals sagte, ein Fiat. Sie saß neben ihm, nicht mehr in dem weißen Kleid, sondern in einem anderen, und sie betrachtete Żłobiska, als würde sie es zum letzten Mal sehen. Mindestens drei Mal sind sie um den Marktplatz gefahren. Langsam, ganz langsam, damit alle zugucken konnten, damit jeder sehen konnte, daß sie es geschafft hat und daß sie ihr sonstwohin rutschen können.

Es wird heiß. Kommen Sie in den Schatten.

Und später hat sie keiner wiedererkannt. Wieviel Jahre

mögen es gewesen sein? Fünf? Sechs? Sie sah aus, als wären es fünfzehn gewesen. In die Breite gegangen, angemalt, sogar die Stimme war anders. Ein richtiges Weibsbild. Ihre schönen Haare, schwarz wie ein Trauerfähnchen in der Kirche, hat sie sich rot gefärbt. Später hat sich rausgestellt, daß sie sich geschämt hat, weil sie grau geworden sind. Überhaupt war sie nicht mehr wie früher, nicht so überzwerch. Jetzt war sie still und bescheiden, und man konnte sie mit diesem und jenem sehen. Vielleicht nicht gleich das, aber abends mal auf dem Marktplatz, auf der Bank, am Fluß. Na, und da sie bescheidener war, haben die anderen sich auch mehr getraut. Maryśka hier, Maryśka da, komm mit, Maryśka, und schließlich: Stell dich nicht so an, Maryśka, du bist doch nicht aus Zuckerwatte. Sie war anders jetzt, sie war nicht mehr die von früher. Sie lachte aus vollem Hals, grölte, warf den Kopf nach hinten, die roten Haare fielen auf die Schultern und der Goldzahn blitzte, und früher hatte sie ganz gleichmäßige, weiß wie 'ne Perlenkette. Und jetzt gluckste sie, wenn sie lachte, aber wenn man sie rief, ging sie mit, wenn man sie einlud, kam sie, wenn man ihr was anbot, schlug sie's nicht ab. Immer öfter saß sie in der Kneipe, obwohl bei uns die Frauen da nicht hingehen, wissen Sie, höchstens 'ne ganz junge mit 'nem Verehrer. Und sie ist sogar allein gegangen. Um zu trinken. So sieht's aus. Zuerst vorsichtig, daß man denken konnte, sie wär in Begleitung, und dann ganz offen. Ein Jahr verging, und sie war ein Bild des Jammers. Im Sommer schlief sie in Heuhaufen. Da geht man morgens vorbei und sieht die Füße rausstehen. Manchmal zwei, manchmal vier. Sicher denken Sie, die hat keine Ehre im Leib, nicht? Vielleicht stimmt das auch, aber das hat sie extra gemacht. Das hat man gemerkt. Ganz demonstrativ hat sie das gemacht. Einmal hat in der Kneipe ein Mädchen was über sie gesagt. Ganz laut. So, daß alle es hören konnten. Die hat sich aber verrechnet. Maryśka hat sie am Schopf gepackt und mitten in den Saal gezogen. Mit einer Hand hat sie sie an den Haaren gehalten, mit der anderen hat sie ihr das Kleid hochgerissen und gebrüllt: »Schaut nur, schaut nur! Die denkt nämlich, daß sie was anderes da hat, daß sie ein Engel ist und keine Frau! Schaut nur!« Man hat sie kaum auseinanderbekommen. Gacek war auch da. Damals hat alles angefangen. Denn er, verstehen Sie, er hat Maryśka als einziger noch von früher gekannt. Und für ihn hatte sie sich gar nicht verändert. So muß das gewesen sein. Vielleicht hat er nur drauf gewartet, daß alles sich so fügt, daß es sich ergibt, daß sie von allein mit ihm geht, daß sie nirgends anders mehr hingehen kann. Als sie die beiden auseinander hatten, ist die andere gleich abgehauen, und Maryśka hat noch getobt, wie 'ne Hexe, und geflucht, und dann ist sie auf dem Stuhl zusammengeklappt und hat geheult. Weiß der Geier, vielleicht hat sie das erste Mal im Leben geheult, die Gläser haben gewackelt, und allen ist fast das Herz stehengeblieben. Sie saß mit hängenden Armen da und zitterte am ganzen Leib, aus der Nase lief ihr Rotz, aus den Augen Tränen und Wimperntusche. Schlimmer kann's nicht kommen, hätte man denken können. Und da ist Gacek aufgestanden und zu ihr hingegangen, hat sie am Arm genommen und zur Tür gebracht. Als würde er eine Blinde führen, sie hat sich gar nicht gewehrt.

So hat er sie noch so manches Mal weggebracht. Aus der Kneipe, von anderswo . . .

Und schließlich diese Nacht. Morgens kam der Krankenwagen mit Blaulicht und fuhr mit Vollgas gleich wieder los. Edeks Auto war schon weg. Vielleicht hat er den Arzt gerufen, vielleicht ist er auch vorher aus Angst abgehauen. Als sie die Trage hinaustrugen, ist Gacek hinterhergerannt, hat geschrien, wollte mitfahren, aber der Arzt und der Sanitäter haben ihn nicht gelassen. Er hat sich noch an die Tür geklammert, und schließlich mußten die Leute ihn festhalten, damit die anderen fahren konnten. Er hat schrecklich ausgesehen, haben sie erzählt, leichenblaß. Der Krankenwagen fuhr weg, und sie ließen ihn los. Aber er dachte nicht daran, dazubleiben. Er ist in seinen Star gesprungen und im Hof rumgekurvt. Die Leute sind auseinandergelaufen, er ist völlig durchgedreht. Er hat's nach vorne probiert, nach hinten, rumgeschaltet, Gas gegeben, er war so außer sich, daß er alles vergessen hat, was er in zwanzig Jahren Fahrpraxis gelernt hat. Schließlich kam er irgendwie raus und fuhr aufs Tor zu. Ein paar Typen standen da, aber keiner kam auf die Idee, ihn aufzuhalten. Alle guckten, was passieren würde. Aber es passierte nichts mehr. Als er hinterm Tor über den Graben fahren wollte, kippte er auf die Seite. Er stand ganz schief, der Motor heulte auf, die Räder gruben sich in den Schlamm, und schließlich saß er mit dem Fahrgestell fest. Jemand ist gekommen, hat die Tür geöffnet und das Auto ausgemacht. Er saß da, die Arme auf dem Lenkrad, und starrte ins Blaue. Die Leute standen noch eine Weile rum und gingen dann. Und er saß da, wartete und wußte, daß sie ihn gleich mitnehmen würden.

Ja. Die Hitze macht einen ganz meschugge, bei der Hitze will man doppelt soviel trinken, in den Leuten brennt ein Feuer. Die Wahrheit wird man nie erfahren, auch nicht, wenn man dabeigewesen ist. Wenn die Wiesen brennen, im August, in der Nacht ... Da steigt so ein roter Rauch zum Himmel.

Die Beichte

Der rotblonde Feldwebel machte langsam seine Runde
um den Marktplatz, aber es war nichts los. Vor dem Laden
saßen zwei Typen und warteten auf den dritten, der ein
bißchen Geld haben würde. Der Tag ergoß sich von Süden nach Westen und wurde fest wie Götterspeise. Ein
Hund lief quer über den Platz und schleppte einen langen
schwarzen Schatten hinter sich her. Der Feldwebel sah
dem Pinscher nach, aber der verschwand und hinterließ
keine Spur. Er ging noch ein paar Schritte, blieb stehen,
legte die Hände auf den Rücken und begann unter dem
Schirm der Mütze hervor die sonnige Seite des Platzes zu
mustern. In den grellen, schrägen Strahlen blieb ihm
nichts verborgen, also ging er weiter, langsam, so langsam
wie möglich, und war für einen Augenblick mit den eigenen Schuhen beschäftigt: er setzte seine Schritte so, daß er
nicht auf die Fugen zwischen den Zementplatten trat,
aber der Gehweg war gleich zu Ende, das Pflaster der
Fahrbahn begann, und auf der anderen Seite war nur ein
Streifen festgetretene Erde. Er schielte nach links, aber nur
Staub jagte über die Straße; niemand, den man anhalten,
niemand, von dem man die Papiere verlangen konnte.
Fünf Uhr nachmittags, Montag, die Zeit hatte die Zähig-
keit zu langer, zu heißer Tage, und eigentlich hätte er
schon lange nach Hause gehen können, ohne daß jemand
es bemerkt hätte. Er kniff die Augen zusammen und wartete, bis die graue Wolke vorbeiziehen und weiterjagen
würde. Im Mund spürte er feine Staubpartikel, und es
kam ihm der Gedanke: Wohin fliegt dieser Staub? Viel-

leicht könnten diese Teilchen von Erde, die jetzt ganz leise zwischen seinen Zähnen knirschten, über Żłobiska hinaus fliegen, über die Häuser, über die Straße und den Fluß hinweg, bis zum Marktplatz von Dukla mit seinem bläulichen, traurigen Rathaus, zwischen die verschlungenen Konturen der Bernhardiner-Türme, und wenn der Wind nicht nachließ, wenn er wehte, was das Zeug hielt, dann vielleicht sogar bis nach Rzeszów, wo er vor sieben Jahren bei einem Freund von der Milizschule gewesen war . . .

Er starrte der Staubwolke nach und machte einen Schritt nach vorn. Der Seufzer einer Hupe riß ihn aus seinen Gedanken. Er sprang auf den Bordstein zurück. Ein orangeroter kleiner Syrena machte einen Bogen um ihn und rollte weiter. Instinktiv strich er seine Uniform glatt, streckte die Brust heraus und sah sich unauffällig um, aber er bemerkte nur eine rotbraune Katze auf dem Fenstersims des Hauses auf der anderen Straßenseite. Er überquerte die Fahrbahn und ging an dem mit Flieder überwucherten Zaun entlang. Drinnen, zwischen grauen Sträuchern, leuchteten karminroter Phlox und goldene Astern, die hohen Malven warfen ihren Schatten auf das dunkle Purpur der Dahlien. Der Sommer ging auf dem Zahnfleisch. An der Giebelwand des Hauses saß eine alte Frau. Er verbeugte sich und bewegte leicht die Lippen. Sie sah ihn gleichgültig an. Genauso wie vorhin die Katze. Er ging an den nächsten drei Häusern vorbei: ein blaßblau getünchtes, ein braunes, verschalt und mit Ölfarbe angestrichen, und ein graubraunes, heruntergekommen, mit bröckelnden Ecken. Er bog rechts ab, schaute aus Gewohnheit nach dem Vorhängeschloß an der Kiosktür und betrat langsam die Treppe zur Kneipe.

Auf den Tischen lagen goldene Decken aus Sonnenflecken. Der Rest ging im Halbdunkel unter, das die Farbe trüben Wassers hatte. Er stand eine Weile am Eingang, um die Augen daran zu gewöhnen. Es war still. In der Luft stand der Gestank kalter Zigaretten, aber das schräge Nachmittagslicht blieb unsichtbar, brach sich in keiner, nicht in der kleinsten Verzierung. Er ging an der dunklen, leeren Nische der Bar vorbei. Auf den Flaschen blitzten grünliche und silbrige Flämmchen, kaum zu sehen, wie aus großer Tiefe. Er schritt durch den ersten Raum. Niemand war da. Auf dem Steinboden hörte er Sandkörnchen knirschen. Im zweiten Raum, in einem Rechteck aus Licht, saßen zwei Männer. Der auf dem Stuhl ausgestreckte Lewandowski schlief. Seine Arme hingen auf den Boden, das Kinn war auf die Brust gesunken, und er sah ein bißchen aus wie ein Hampelmann, dem man die Schnüre durchgeschnitten hat. Ihm gegenüber saß Jan Zalatywój, starrte ins Blaue und drehte eine nicht angezündete Zigarette zwischen den Fingern. Die Tischplatte war schon abgeräumt und sauber. Der rotblonde Feldwebel blieb neben ihnen stehen und verschränkte die Hände auf dem Rücken.

»Na und, Zalatywój?«

Zalatywój sah auf.

»Nichts, Herr Feldwebel. Mietek schläft, und ich sitz hier.«

Der Feldwebel verlagerte das Gewicht von den Fußspitzen auf die Fersen und wieder zurück. Um irgend etwas zu tun, griff er nach der Zeitung, die auf dem Tisch nebenan lag. Die »Życie Warszawy« war zwei Wochen alt. Er zuckte die Achseln und legte das zerfledderte Ding weg.

»Wenn er aufwacht, nimm ihn mit.«

Als er die Kneipe verlassen wollte, gähnte die Barfrau in ihrer dunklen Ecke.

»Ist Irka heute nicht da?«

»Nein. Heute hat sie frei. Morgen kommt sie.«

»Irgendwie nichts los.«

»Die Stütze haben sie letzte Woche gekriegt, und der Wald zahlt erst in ein paar Tagen. Möchten Sie was?«

Er schüttelte den Kopf und ging.

Nichts hatte sich verändert. Nur die Schatten der Bäume krochen langsam nach Osten, wie schwarze Samthandschuhe, und der Staub des Marktplatzes hinterließ keinerlei Spur auf ihnen. Er stand oben an der Treppe, eine Hand in der Tasche, und dachte, er hätte doch etwas bestellen sollen. Er nahm eine Zigarette heraus und steckte sie in den Mund. Die zwei vor dem Laden hatten den Dritten jetzt gefunden. Sie tranken Leżajskie-Bier. Er spürte den bitteren Geschmack und wandte sich ab. Der Kegel des Cergowa sah aus wie aus grünem Papier gerissen. Der Wind wehte immer noch. Er hüllte den Himmel in ein rauchiges, regnerisches Rot. Eine Wolke schimmerte wie Perlmutt und erinnerte an ein Fischskelett. Der Feldwebel knipste das Feuerzeug an, das Flämmchen ging sofort aus. Er versuchte es noch einmal und noch einmal, fügte sich in sein Schicksal und steckte die Zigaretten wieder weg. Nichts, aber auch gar nichts, wollte heute geschehen. Der Strom der Zeit schlich sich zwischen die Häuser, rollte über den Marktplatz, passierte zwei Bänke, umspülte die Ruine des Rathauses, das er im Laufe von zweihundert Jahren unterhöhlt, mit Fäulnis infiziert, vom Putz befreit hatte und das er letztendlich sicher wegtragen würde wie das Hochwasser Dinge wegträgt, leichte Dinge, unnötig und vergessen. Auch vom Himmel floß

die Zeit, floß wie träger Honig, spritzte gegen die Metall-
schuppen des Pflasters, doch weder ihre Strömung noch
einer ihrer Tropfen waren imstande, irgendein größeres
Ereignis nach sich zu ziehen.

Aus der Kirche kamen einige Frauen. Langsam gingen
sie auseinander, jede in ihre Richtung, und ihre Gestalten
waren so dunkel wie ihre Schatten. Der rotblonde Feldwebel wartete noch eine halbe Minute, betrat langsam, in
Gedanken die Stufen zählend, den Gehweg und ging auf
das Kirchentor zu.

Sie sahen sich an und schwiegen. Der Pfarrer war über-
rascht. Der Feldwebel war verschüchtert vom Klang der
eigenen Schritte, die unter dem Gewölbe verhallten.
Der Kaplan faltete die Hände über dem Bauch. Die
Daumen bildeten ein griechisches Delta, ein kleines
Dach. Der Feldwebel stand ein bißchen in Habachtstel-
lung und schnipste unsichtbare Krumen von den Fingern. Er betrachtete die abgetragene Soutane des Pfarrers. Meine Uniform ist genauso alt und verbraucht,
dachte er.

»Sie . . .?«

Ein kühler Luftzug trug den Duft erloschener Kerzen
heran. Dieser Geruch wehte den Feldwebel aus ferner
Vergangenheit an. Er warf einen Blick ins Innere des Kir-
chenschiffs. Dort war es hell. Die Sonne stand tief. Es war
wohl dieser starke Wind, der das Licht durch die ärmlichen Mosaikfenster trieb; so mußte es sein, denn das
Licht ist Materie. Die blassen Lilien in den hohen Glasva-
sen sahen aus, als wären sie aus übernatürlicher Goldfolie
geschnitten.

»Sie . . .?« Der Pfarrer preßte die Hände stärker zusammen, und das Delta verschwand. Erst als der Feldwebel merkte, daß die blassen blauen Augen ein wenig über seinen Kopf zielten, begriff er.

»Verzeihung«, sagte er schnell und leise. »Verzeihung.«

Er nahm die Mütze ab und hielt sie eine Weile in beiden Händen, als wollte er den steifen Deckel zerdrücken und in die Tasche stecken, aber schließlich verbarg er ihn nur hinter dem Rücken.

»Sie habe ich noch nie hier gesehen.«

»Ja. Ich gehe nicht in die Kirche ... Aber heute habe ich ein Anliegen. Ich möchte mit Ihnen sprechen.«

»Ich höre.«

Der Feldwebel ließ den Blick umherschweifen. Die dunklen Bänke, die Fahnen, die Figur des heiligen Josef, das Bild der heiligen Anna, das Schwalbennest der Kanzel, die Lichtflecken, all das schwirrte um seinen Kopf.

»Na gut. Gehen wir ins Pfarrhaus«, sagte der Priester.

»Das wird besser sein«, antwortete er. Er ging zum Ausgang und verspürte ein starkes Bedürfnis zu rauchen.

Die Dämmerung zerrieb ihre Silhouetten langsam zwischen den Fingern. Die Wanduhr schlug acht. Das durchs Fenster fallende Licht hatte keine Farbe. Das dunkle Blau lag dicht an der Scheibe, wie Papier.

»Ich bin jetzt sechsundzwanzig Jahre Pfarrer.«

»Und ich zwanzig Jahre Milizionär.«

Über dem Aschenbecher, über der Tischplatte flogen die roten Glühwürmchen der Zigaretten auf, und als sie sich den Gesichtern näherten, konnte man sehen, daß die beiden einander zugewandt waren und vielleicht sogar versuchten, sich in die Augen zu sehen.

»Was wollen Sie eigentlich?«

»Ich möchte, daß Sie mir helfen, Herr Pfarrer. In solchen Dingen kennen Sie sich besser aus.«

»Mein Gott . . . Ich soll mich da auskennen?«

»Ich vielleicht?«

In der Ferne rollte ein leerer Lastwagen vorbei. Das Dröhnen und Klappern hallte zwischen den vier Wänden des Marktplatzes wider, und die beiden lauschten, als wäre das etwas unerhört Wichtiges, als hätten sie die ganze Zeit nur darauf gewartet. Der Lärm verstummte, der Pfarrer stand auf. Er ging ein paar Schritte im Dunkeln, die Holzdielen gaben ein zartes Mäusequietschen von sich, und das Geräusch der beschlagenen Absätze verfehlte um einen Vierteltakt das Ticken der Uhr.

»Sie haben sie gekannt, Herr Pfarrer?«

»Wie alle, die ich sonntags nicht sehe. Manchmal glaube ich, ich kenne sie besser als die, die kommen. Aber das stimmt nicht. Ich denke nur mehr an sie, wenn ich nicht schlafen kann.«

Er ging auf die Tür zu und streckte die Hand zum Lichtschalter aus, aber im letzten Moment zog er sie zurück und entschied, es sollte lieber dunkel bleiben im Zimmer. Denn schließlich war dies – das kam ihm in den Sinn, als er mitten in der Bewegung anhielt – eine Art Beichte.

»Und die beiden Männer?«

»Die ja. Nur diesen . . . Wie sagten Sie?«

»Kościejny.«

»Den nicht. Er war nicht von unserer Gemeinde.«

»Er sagte, er wäre hier gewesen. Sie hätten Suppe gegessen und dann Kotelett.«

»Das muß am Sonntag gewesen sein.«

»Und jetzt war er wieder bei mir und hat gesagt, er

weiß alles, er ist da gewesen, und Gacek ist es nicht gewesen, den müßte man freilassen, und dann hat er noch gesagt, er hat genug und ist müde.«

Der Feldwebel sagte diese Worte hastig, in einem Atemzug, als würde ihn die Scham antreiben oder die Furcht vor dem Licht, aber der Pfarrer ging schließlich vom Schalter weg, und der Feldwebel sprach ruhiger weiter.

»Denn sehen Sie, Herr Pfarrer, als er das erste Mal bei mir war, da sagte er, daß er sich dort langweilt und daß er lieber hier sein möchte, aber jetzt sagte er, da wär es dort schon besser gewesen. Er hat im Leben auch nie den richtigen Platz gefunden, so war er immer.«

Sie hörten, wie sich vor dem Fenster und über dem Dach die Dunkelheit bewegte. Als würde ein großes, struppiges Tier sich am Haus reiben. Dann schlug der Regen gegen die Scheiben, der Feldwebel hob die Stimme.

»Und jetzt als er da war, sagte er, Gacek ist unschuldig, er ist nicht schuld an ihrem Tod. Er sagte, er würde mir erzählen, wie es war, aber ich sollte für ihn...«

Es blitzte weiß und quecksilberfarben, und gleich darauf rollte der Donner über das Pfarrhaus, über Żłobiska, über die Wojwodschaft Krosno. Da holt das Licht plötzlich, im gleichen Augenblick, dachte der Feldwebel, die Gesichter aller bekannten und unbekannten Menschen aus der Dunkelheit, holt alle Taten hervor, die sie verbergen möchten. Als die Gestalt des Pfarrers wieder fast unsichtbar geworden war, fuhr er fort:

»... ich soll für ihn, auch wenn ich nicht gläubig bin, ich soll eine Messe lesen lassen.«

Die zweite Nacht

Wo verschwindet die übernatürliche Helligkeit, wenn mit der Nacht auf alle Seelen Dunkel sinkt? Schnipp – und über dem Bergkamm spritzen Sterne hervor. Einer, dann der zweite, dann die nächsten. Von den härtesten, weiß und scharf wie Messerstiche aus unirdischem Stahl, bis zu den letzten, geringsten, die von Dunkelheit umsponnen sind wie Steine im Fluß von Schlamm umhüllt.

Wo ist das Licht, das wie die Laterne des Nachtwächters auf die Schlafenden, Erschöpften, Bewußtlosen fallen und ihre Herzen in einem goldenen Kreis verschließen müßte, damit sie Kraft bekommen, morgens wieder aufzustehen und von vorn anzufangen? Die schwarze Karte der Nacht entfaltet sich zwischen den Horizonten. Weder Gipfel noch Türme sind hart genug, sie zu durchstoßen. Dörfer wie Pflaster auf der Wange der Erde, die Kratzer der Straßen, der Ausschlag der Städtchen eine Stunde nach Mitternacht, drei Stunden vor Tagesanbruch, nichts kündigt die Auferweckung an, nichts die Vergebung der Sünden, obwohl es mehr Himmel als Land gibt. Nacht, Nacht, Nacht. Kruk, der Schmied, erzählt im Schlaf eine Geschichte ohne Ende, lang wie das Leben aller Menschen, als wollte er alles beichten, was er gesehen und gehört hat, alle guten, bösen und gleichgültigen Dinge, denn das Leben ist höchstwahrscheinlich eine Spielart der Sünde; am Tage kann man das vergessen, aber die Nacht kennt kein Mitleid; das weiß Lewandowski, das wissen auch Gacek und Edek, alle wissen es, denn wenn der Verstand schläft, setzen sich die vergangenen und zukünftigen

Taten auf die Brust, und ihre Last ist unsagbar. Das Herz schlägt kaum noch, mit Mühe pumpt es das erschrockene Blut, nicht der geringste Tropfen Licht verdünnt die vor Angst erstarrte Materie, und man kann nur warten, bis das Blau der Dämmerung die Fensterscheiben bedeckt. Mehr kann man nicht tun.

Die schwere, schwarze Karte der Nacht, der niedrige First der Welt. Lewandowski schläft auf dem Rücken, der Fernseher glotzt mit trübem Bildschirm ins Zimmer, wacht über seinem Herrn. Der Wind weht von Süden. Eine lockere Eternitplatte klappert gegen das Dach wie der steife Flügel eines großen Vogels. Das halbvolle Glas des Kasatschok-Weins, durch den Blick des Fernsehers erleuchtet, hat die Farbe von verwässertem Blut. Lewandowski schnarcht. Aus seinen Nasenlöchern entweichen Träume. Sie füllen das Zimmer, setzen sich um den Tisch herum und streiten sich über die Seele. »Ich werde sie nehmen, wenn es Zeit ist.« – »Nein, sie gehört mir.« – »Nein, ich habe ihn am längsten gequält.« – »Und wenn er keine Seele hat?« – »Jeder hat eine. So steht es geschrieben.« Dann zerfließen sie in der Luft, um den nächsten Platz zu machen, denn Lewandowski träumt in der Nacht Dutzende von Träumen, Hunderte, für jedes Jahr des Lebens, für jeden Tag des Jahres. Gegen Morgen kommt Józek. Die Fliegen erwachen immer zuerst. Ein bißchen graues Licht genügt, und schon schlagen sie gegen die Fensterscheiben. Józek setzt sich ans Bett. »Bist du noch nicht soweit, Mieciu? Fühlst du dich noch wohl hier?« Lewandowskis Leib spannt sich an, krümmt sich zu einem Bogen, der Mund schnappt nach Luft. »Wozu quälst du dich so, Mieciu?«

Das Rattern der Nachtschwalbe, das Rufen der Eule, die Nacht schweigt. Die Seelen schweben wie Fische im schwarzen Wasser, stehen in den Biegungen der dunklen Stunden wie der Hecht, der auf Beute wartet. Und nichts erscheint, nichts außer den vergangenen Tagen, außer den Spiegeln der Tage, die noch kommen werden.

Zalatywój wälzt sich in seinem Haus am Rande des Dorfes von einer Seite auf die andere. Durch die offenen Fenster weht ein heißer Wind und läßt ihn nicht schlafen. Er steht auf, geht zu dem Emailleeimer und trinkt, aber das Wasser schmeckt genauso windig, warm und unruhig, also tastet er auf dem Tisch nach einer Schachtel Popularne und Streichhölzern und geht im grauen Hemd vors Haus. Der Rauch hat den gleichen Geschmack wie das Wasser und der Wind. Von dieser Höhe aus, fast auf dem Paß, kann man das ganze Dorf sehen, wie es auf dem Bauch liegt. Man kann kein einziges Licht erkennen. Die blinden und tauben Häuser schmiegen sich an die Erde, um die Welt zu vergessen. Zwischen den bewegten Baumkronen stecken die scharfen Ränder der Dächer. Wie Steine im Fluß. »Was für ein Wind«, denkt Zalatywój, ein Schauer läuft ihm über den Rücken und im Gedächtnis steht jener Novembertag. Damals war er nach Spełzła gefahren. Die Dämmerung brach an. Er hätte in Smereczne bleiben und dort schlafen können, aber er wollte lieber noch vier Kilometer weiter, am Dorf vorbei, und in einem leeren, schon lange angefangenen, aber nie ganz fertiggestellten Haus übernachten. An jenem Tag hatte er keine Lust auf Gesellschaft, auf Wodka oder Geplauder. Schnee lag in der Luft, der Boden war mittags für zwei, drei Stunden aufgetaut und dann wieder gefroren, und er wußte, das würde die letzte Fahrt vor dem Winter sein, also wollte er den Himmel und die Berge betrachten und allein sein. Die Buchen waren nackt und hatten die Farbe von violettem Nebel, und der Himmel brannte im Westen hinter dem Horizont wie ein roter Federbusch. Er ließ seinen Wagen stehen, nahm den Sack mit der Decke und ging durch die eingeschlagene Tür. Die Fenster hatte jemand mit Brettern vernagelt, und er mußte ein Streichholz anzünden. Es roch nach Feuchtigkeit und Kalk. Er schritt durch die Diele, sein großer Schatten schlich hinter ihm her. Das Hölzchen verbrannte ihm die Finger und erlosch. Da hörte er ein leises Knarren. Er zündete ein zweites Streichholz an. Das Licht war graugelb wie Sand, aber er konnte Füße in Hosen sehen. Sie baumelten. Ein Gummistiefel war an seinem Platz, der zweite heruntergefallen. Die Zehen waren gekrümmt.

Zalatywój ging nie zurück, um seinen Sack zu holen. Die Leute aus dem Dorf brachten ihn. Sie sagten, er habe gesehen, was ein Jahr zuvor passiert war. Jetzt steht er auf der hölzernen Veranda und fragt sich, warum Fedor Fećko gerade ihm erschienen ist. Der Mond ist groß und sieht aus, als wäre er aus mattem Feuer gemacht. Langsam steigt er höher. Wenn er den Wald berühren würde, würde der Wald sich entzünden, und der Wind würde den Brand in der ganzen Umgebung verbreiten, innerhalb weniger Augenblicke würde das Tal sich in eine Feuerstelle verwandeln, in eine Schüssel voller Flammen, die wie in Schwung geratenes Wasser über die Bergrücken schwappen und sich weiter und weiter verbreiten bis zu den letzten Rändern der Finsternis; also zerdrückt Zalatywój die Kippe fürsorglich mit der verhärteten Ferse, streift sie an der Steinstufe ab und geht in die Stube zurück. Das Bett knarrt wie das ganze Haus.

In der Standuhr des Pfarrers floß die Zeit genauso wie in den anderen Uhren der Gemeinde. Mitten in der Nacht, in der vollkommenen Stille, fluteten die Schläge durch das angelehnte Fenster und hingen in der Gasse wie Schlieren eines schweren Geruchs. Die hohe Uhr, eng wie ein Sarg, poliert, stand in der Zimmerecke und schlug jede Stunde, was sie zu schlagen hatte. Der Pfarrer hatte sie aus der Kirche wegbringen lassen, als er bemerkte, wie oft während der Messe der Blick der Leute zur Seite wanderte, in die dunkle Ecke beim Beichtstuhl, wo dieses Ding – nicht Möbel, nicht Gerät – stand, jedenfalls das einzige in der Kirche, das ein eigenes, unabhängiges Leben zu führen schien.

Immer wieder erinnerte der Pfarrer sich an folgende Geschichte: Früher saßen die alten Frauen oft lange in der Kirche, weil sie glaubten, daß sie auf diese Art dem Tod einige Stunden stehlen könnten, daß ihre Körper dann nicht älter werden würden, denn der Geruch von Wachs, Weihrauch und kaltem Stein war der Geruch der Ewigkeit.

Einmal war er im Beichtstuhl eingedöst, und das Schlagen der Uhr hatte ihn geweckt. Die Nacht brach schon an. In der Kirche war keine Menschenseele. Einen Augenblick wußte er nicht, wo er war. Die Luft zitterte von den Bariton-Schlägen. Ein paar Sekunden hatte er in einem unbekannten Raum geweilt und konnte sich nicht erinnern, wer er war, wie er hieß, wußte nichts mehr. Er war sicher, daß die Uhr ihn wieder in die Wirklichkeit zurückgeholt hatte. Wäre sie nicht gewesen, hätte dieser Zustand ewig dauern können. Ja, damals beschloß er endgültig, daß er die Uhr ins Pfarrhaus bringen würde.

Danach versuchte er, dieses Erlebnis zu wiederholen.

Diese paar Sekunden, als er zwischen Traum und Wachen hing, in dem dunklen Abgrund, in den er gefallen war – erschrocken, aber mit dem unbestimmten Gefühl, daß er etwas erlebte, was dem Glauben und dem Wunsch jener alten Frauen gleichkam. Er blieb dann manchmal in der Kirche, wenn es schon dunkel war. Der alte Gawlicki löschte die Kerzen, brachte das Meßbuch weg, ging und ließ das schwache Echo seiner siebzigjährigen Schritte hinter sich. Der Pfarrer war allein und setzte sich in den Beichtstuhl. Er schloß die Augen, aber der Schlaf wollte sich nicht einstellen. In der Stille, im Halbdunkel wuchsen die kleinsten Geräusche zu übernatürlicher Größe. Der Marktplatz draußen, Żłobiska, der Schrei einer Kuh auf einer fernen Weide – alles nahm kosmische Ausmaße an, und der Pfarrer fühlte sich verloren, aber dieses Gefühl war durch und durch materiell. Er wußte, daß er in der Kirche saß, im Beichtstuhl, er wußte, daß er im Grunde im Kosmos kreiste wie, sagen wir, Gagarin, das war nichts Neues. Er sah sogar seine Kirche von ganz weit oben als weißen Fleck, als Krümel im unermeßlichen Blau, und er konnte sich selbst sehen, ein noch kleineres Krümelchen, verschlossen in einer mit Holz verkleideten Kalkschale. Doch das war nur gewöhnliche Wirklichkeit und gewöhnliche Phantasie. Der Schlaf kam nicht, es kam kein Erwachen. Der Raum, wenn auch kosmisch, hielt den Pfarrer wie eine Glaskugel gefangen. Er stand auf, verließ die Kirche, schloß die Tür und ging ins Pfarrhaus. Im Bett schlief er dann ein, wachte wieder auf, aber das Erlebnis von damals stellte sich nie wieder ein: die Augenblicke, in denen er trotz der Angst spürte, daß die Zeit gerissen war wie ein verschlissener Stoff, und er fiel und fiel nach oben oder nach unten, namenlos, ohne Gedächtnis und dessen

Rückseite, das heißt ohne jegliches Bild der Zukunft, ohne Wissen. Trotz seiner Furcht hatte er sich damals gewünscht, dieses Gefühl möge andauern, denn er spürte, daß er gleich etwas erfahren, daß gleich etwas enthüllt werden würde. Und dann, zusammen mit dem Schlagen der Uhr, hatte er Kälte und Taubheit in den Füßen empfunden.

Eines Abends hatte er den Wecker auf zwei Uhr nachts gestellt. Er spürte, wie absurd das war, aber er beschloß dennoch, in die Kirche zu gehen. »Ich müßte einschlafen, vor Müdigkeit einschlafen«, dachte er. Er tastete in der Diele nach dem Mantel und zog ihn über den Schlafanzug. Die Oktobernacht roch nach öden Gärten. Unter den Zweigen des Apfelbaums schlich er vorsichtig zum Tor. Es knarrte, aber der Nachbarhund bellte nicht. Die paar Meter offenes Gelände rannte er. Dicht an der Wand gelangte er zum Kirchentor. Das große Schloß fühlte sich eisig an, der Schlüssel heiß wie Feuer. Aber das war schon eine ganze Weile her.

Jetzt ist eine andere Nacht, und der Pfarrer horcht auf seine Uhr, morgen soll er eine Messe für Kościejnys Seele lesen, und wie damals spürt er die Absurdität der Situation. »Die Welt hat keine Gleise oder Schienen. Sie hüpft wie ein Ball«, denkt er. »Eine Messe für die Seele.« Stumm wiederholt er die Worte, dann etwas lauter, um ihren harmonischen Klang zu hören. Und dann wieder und wieder, bis sie ihre Bedeutung verloren haben. ». . . für die Seele, die der Polizist gesehen hat, und das Mädchen aus der Kneipe, das Fräulein mit dem Kind.« – »Glauben Sie das?« hatte er damals den Feldwebel gefragt, und der antwortete: »Nein, ich glaube es nicht, aber ich habe ihn gesehen, und er hat mit mir gesprochen, und ich sage Ihnen das, Herr Pfarrer, weil Sie für diese Dinge zuständig sind.« – »Glauben Sie auch an das, was er noch versprochen hat?« – »Ich weiß nicht. Vielleicht kann man es ja testen.«

Die Uhr holt zum dritten Schlag aus und verstummt. »Testen«, denkt der Pfarrer. »Ich wollte damals auch etwas testen.« Weiter hinten im Dunkeln brannte ein rotes Lämpchen. Wie ein Tropfen Blut oder ein ausgestochenes Auge, das nie mehr etwas sehen wird. Die vier Fenster waren dunkler als der Innenraum. Als hätten sich in ihm Teilchen von Tageslicht verloren und überlebt. Als er die Tür des Beichtstuhls hinter sich schloß, hatte er einen Moment lang das unsinnige Gefühl, als versuchte er sich in den Kasten seiner Uhr zu setzen. Aber die Uhr war doch gar nicht mehr da. Dieser Gedanke beruhigte ihn. Er hüllte sich in den Mantel, verschränkte die Hände auf der Brust und verharrte in der Pose eines Reisenden, der nachts auf den Zug wartet.

Im Morgengrauen weckte ihn eine alte Frau in einem schwarzen Kleid. Ihr graues Haar war mit Hilfe einiger brauner Plastikkämme hochgesteckt, Kämme, die man heute nirgends mehr kaufen kann. »Es war offen. Ich hab mich gewundert, es ist ja noch so früh, aber ich bin rein. Ich hab mich dorthin gesetzt und Sie gar nicht gesehen, erst als ich Sie schnarchen hörte. Mein Gott! Hab ich mich erschrocken!«

Es war also nichts geschehen. Alles blieb, wie es war, die Antworten steckten immer noch in den Fragen wie die Küken in den Schalen. Die Wolken über Żłobiska zogen weiterhin ihre Schnörkel. Zeitweise erinnerten ihre Ränder an glühende Peitschenhiebe. Aber manchmal, vor allem am Abend, wenn die Sonne schon hinter den Hori-

zont sinkt und das Licht alle Häuser, Bäume, alle toten
LPGs, ehemaligen Gefängnisse, Passanten und Penner,
alle Kühe, Motorradfahrer und den gelben Busbahnhof
von Dukla aufsammelt, wenn die schrägen Strahlen wie
ein Magnet alle sichtbaren Dinge entführen – dann sind
die Wolken ein Spiegel der Welt, und man kann in ihnen
alles wie auf einem großen Bildschirm sehen, wie im
Himmel, so auf Erden, aber das dauert nur einen Augenblick, denn die Zeit ist grau und hat die Gestalt eines Vogels mit durchsichtigem Körper: ein Flügelschlag, und die
Dämmerung bricht an.

Um vier Uhr morgens zerfließen die vier langgezogenen Schläge der Uhr im Pfarrhaus wie Kreise in reglosem
Wasser, und endlich nimmt die Flut des Schlafs den Pfarrer mit.

In derselben Nacht, in einem fremden Haus, hatte die
Oma Durst. Sie hatte am Abend keinen Becher mit Wasser neben das Bett gestellt. Das tat sie immer, aber diesmal
hatte sie es vergessen. Es war zu heiß in dieser Dachstube.
Den ganzen Tag über sammelte sich in den Kiefernbret-
tern und Balken die Hitze. Aus den Astlöchern tropfte
Harz. Jetzt wich die Wärme aus dem Holz und verdünnte
die Luft. Das Fensterchen war ständig geschlossen, mit
drei Nägeln zugemacht. Zwei Wände waren mit Zeitungen beklebt. »Freundin«, »Weg der Bauern«, »Neuigkei-
ten«, »Vorkarpaten«, Edward Gierek in hellem Anzug, die
lächelnde Szewińska, die schwarze Masse des Giewont vor
dem Hintergrund grünlicher Wolken – all das hatte sie
tagsüber oft betrachtet. Manche Fotografien erinnerten
sie an etwas, andere waren gleichgültig wie das Tapeten-
muster. Aber jetzt sieht man nichts, und Oma hat nur die

Erinnerung, um sich die Zeit bis zum Morgen zu vertreiben. Im Dunkeln sind alle Gedanken deutlich und schnell, man weiß nicht, woher sie kommen, aus dem Kopf bestimmt nicht, wenn derselbe Kopf am Tage die Gedanken kaum zu einer Ordnung verbinden kann, die es ermöglicht, einfache Bewegungen auszuführen: Spülen, Waschen, Kochen, all die Dinge, die an der Wirklichkeit kleben wie ein nasses Hemd an den Schultern. Woher also? Vielleicht gleicht die Zeit der Luft, und die Spiegelungen der Gegenstände stecken in ihr wie ferne Bilder von Städten und Landschaften in einer Fata Morgana? Oma liegt also auf dem Rücken im Bett, das weiß und knochig ist und sicher aus einem Krankenhaus stammt, und durch den halboffenen Mund atmet sie die Vergangenheit ein, die sich in ihrem Kopf entfaltet wie die Papierblume in den Händen des Magiers, die explodiert wie das Feuerwerk auf dem Volksfest und genauso schnell vergeht. Sie sieht den vor Hitze entbläuten Himmel und den rostroten Grat des grasigen Hügels, aus dem plötzlich zwei Reiter wachsen, und gleich darauf ein dritter, und in lahmem Trab herunterkommen. Die Sonne rollt nach Westen. Die Schatten der drei sind lang und schwarz. Sie riechen nach Schmutz, Erschöpfung und Angst, bleiben bei Oma stehen, und der Größte fragt auf russisch: »Deutsche?!« Er steht gegen die Sonne, man sieht nur den dunklen Umriß und die vor unermeßlicher Müdigkeit weißen Augen. Oma zeigt auf ein weiter unten liegendes Dorf: »Dort sind sie.« Sie lassen den Blick über das offene Tal schweifen, und schließlich sagt der Große schnell etwas. Sie reiten den Abhang hinunter, gelangen zum Bach, und Oma sieht, wie sie von den Pferden springen, zum Wasser stürzen und auf allen vieren, zwischen die Schädel

der Tiere gezwängt, trinken. Dann steigen zwei von ihnen auf und reiten wieder nach oben. Der dritte, der zu-
letzt gekommen ist, versucht auf den Sattel zu klettern,
rutscht herunter, versucht es noch einmal, schließlich
geht das Pferd ungeduldig weiter, und der Soldat schleift,
mit den Händen an den Steigbügel geklammert, über die
Erde. Er schreit seinen Kameraden etwas zu. Sie kehren
um, sagen etwas zu ihm, einer nimmt das herrenlose Pferd
am Zügel, der Größere holt die Pistole heraus und
schießt. Gleich darauf verschwinden sie hinter dem Wa-
choldergebüsch. Oma geht einige Schritte nach unten.
Der Soldat hat tatarische Züge, ein rotes Loch in der
Stirn, auf dem Bauch läuft ein dunkler Fleck aus und
weicht altes, geronnenes Blut auf. Und da spürt sie, daß
das Kind in ihrem Bauch sich heftig bewegt, und sie geht
zurück zum Haus, um es noch zu schaffen.

All das geht vorüber, und aus dem Dunkeln fließt ein
winterliches Bild. Die Menge stürmt auf das Tor der orthodoxen Kirche ein. Unter Axthieben zerstiebt das Holz
in weiße Splitter, und das Schloß gibt nach. Der an der
Seite stehende Pfarrer hebt den Arm und spricht zu den
Leuten. Von innen ist Lärm und Krach zu hören. Frauen
mit vor Anstrengung und Erregung roten Gesichtern
schleppen die Reste der kaputten Ikonostase in den
Schnee. Gold, Himmelblau und Purpur glänzen in der Ja-
nuarsonne.

Dann erscheint Jan Zalatywój, kommt wer weiß woher, aber seine Gestalt hat immer noch den magneti-
schen Geruch von vor über dreißig Jahren, als er mitten
im Dorf stand und nach einer Arbeit fragte – im Heu,
auf dem Bau, bei den Schafen, egal, und sie sah ihn nur
einmal an und sagte, er solle kommen, obwohl sie noch

gar nicht wußte, was für eine Beschäftigung sie ihm geben könnte.

Farben und Licht ändern sich. Die ältesten Ereignisse sind am deutlichsten, dann wird alles blasser. Diesen Abend, vielleicht, weil es Abend war, sieht sie wie durch Nebel. Auf einem Fuhrwerk brachten sie ihren Mann. Über dem dunklen, schweren Körper voller Wasser hing die Kälte eines Brunnens. Die jüngeren Töchter standen an der Tür des Alkovens und flüsterten: »Pst, Papa schläft.« Sie erschraken erst, als nach einem unendlich langen Augenblick ein Schrei aus ihrem Mund kam.

Aber jetzt, da sie so Durst hat, ist das Traumgesicht undeutlich und kraftlos und erinnert an Fedor Fećko, als er einmal im November an ihrer Tür stand, hinter ihm die frostige, graue Dämmerung. Sie ließ ihn gar nicht herein, was er im übrigen wahrscheinlich auch nicht wollte, denn er glühte vor Fieber, und sein Blick war vom Wahn verschleiert; von jenem Irrsinn, der innen sitzt, der in den Adern kreist, an die Eingeweide streift, der den Leib aushöhlt wie ein Maulwurf die Erde und nie vor der Zeit in die Welt gelangt, sondern nur in den Augen glänzt. Und wenn er nach außen dringt, dann ist es immer das Ende, es bleibt die leere Hülle, und der Wahnsinn zieht weiter, denn, wie dem auch sei, Menschen gibt's genug auf der Welt. Sie ließ ihn also nicht rein, sondern wiederholte nur: »Sie ist nicht da, sie ist nicht zu Hause, sie ist weggefahren, du weißt doch, und ich kann dir nichts sagen, ich weiß ja selbst nicht, wohin.« Er sah sie nur an und bewegte die Lippen; es kam kein Laut heraus, aber die Mundbewegung war so deutlich, daß sich Maryśkas Name in der Luft formte wie Ringe aus Zigarettenrauch. In den Mundwinkeln klebte fest gewordener Speichel.

Dieses Bild läßt den Durst noch größer werden, aber Oma wird bis zum Morgen warten müssen, bis da unten alle aufstehen, erst dann wird der Schwiegersohn den Haken an der Tür aufmachen, die auf den Dachboden führt.

Und dann Gacek. Weit weg horcht er auf das entfernte Rattern der Züge, vermischt mit den Gefängnisgeräuschen. Die Laute prallen genauso am Himmel ab wie an den Mauern. Güterzüge, Personenzüge, Schnellzüge dröhnen im Tunnel der Nacht. Dunkle Brückenpfeiler, Viadukte in der Finsternis, das Jammern der Sirenen erhellt kaum den Weg. Die Töne wandern durch die Korridore, winden sich in den Treppenhäusern und kriechen vom letzten Stockwerk in den Untergrund. Ein einziger Schlag des Schlüssels ans Tor läuft um das ganze Gebäude, schlüpft in den Verbindungstrakt im Parterre, umwickelt spiralförmig den Nachbarpavillon, gelangt aufs Dach, wächst, verzweigt sich wie ein nackter Winterbaum und verflicht sich mit allen Geräuschen der Welt, mit der Hupe im Vorort, mit dem Lärm der Zisternen auf dem Nebengleis, mit dem Ächzen des Düsenflugzeugs, das nach Osten fliegt. In der Zelle, in der Kościejny saß, geht Gacek barfuß vom Fenster zur Tür. Sieben Männer schlafen rücklings unter weißen Laken. Die Atemzüge entweichen senkrecht ihren Mündern wie steigende und fallende Quecksilbersäulen. Ihre Leiber schlucken die Hitze wie Schwämme. Gacek schläft nicht, denn seine Zeit setzt sich aus Lauten zusammen. »Sag der Reihe nach, wie's war«, hatte ihn der Polizist in der aufgeknöpften Uniform auf der Wache in Krosno angeschrien, doch er konnte sich an keinerlei Reihenfolge erinnern, an kein Nacheinander, keinen Sinn. Ein Klirren, Edeks erhobene Stimme, die Musik spielte plötzlich verrückt und begann sich selbst nachzuäffen wie eine hängengebliebene Platte, dabei kam sie ja aus dem Tonband. »Wie's war ..., wie's war ..., wie's war ...« Die Worte überschneiden sich mit dem Rhythmus der Schritte und füllen Gaceks leeren Schädel wie die Schläge der Schlüssel ans Tor die Leere des Gefängnisses.

Ende

Der Feldwebel und Kościejny gingen Arm in Arm über den Marktplatz, der erste hatte das Gefühl, er stehe unter Geleitschutz, der zweite fühlte sich wie die Wache. An der Kirchentür ließ der Polizist dem Geist den Vortritt. Unter der Uniform trug er ein weißes Hemd und sah etwas vornehmer aus als an normalen Tagen. Kościejny war dafür etwas weniger sichtbar – ganz so, als hätte die Müdigkeit ihn verdünnt oder er wäre irgendwie älter geworden. Sie blieben in der kleinen Vorhalle stehen und schauten in den Innenraum der Kirche. Oma kniete in einer Bank in der Nähe des Altars. Drei andere Frauen standen weit voneinander entfernt, reglos und einsam, wie verstreute Figuren. Die Tür zur Sakristei war angelehnt, sicher zog sich der Pfarrer gerade um, die vier Kerzen brannten schon, aber ihre Flammen wurden von der Lichtflut gelöscht, die sich durch die westlichen Fenster ergoß.

»Und die Musik?« fragte Kościejny.

»Woher soll ich denn Musik nehmen?« flüsterte der Feldwebel. »Hier gibt's keine Orgel. Vielleicht singen die Frauen was.«

»Und Leute. Ich möchte, daß Leute da sind.«

»Kościejny, es ist doch nicht Sonntag, es ist ein gewöhnlicher Tag, und dir steht der Sinn nach Kirmes …« Der Polizist redete ganz leise, stand stocksteif da, starrte unauffällig vor sich hin und schwitzte.

»Ich will eine anständige Messe, wenn nicht …«

Gawlickis kleine Gestalt kam aus der Sakristei. Das weiße Meßhemd verlieh ihm das Aussehen eines ärm-

lichen Kindes. Mühsam kniete er nieder, und noch müh-
samer stand er wieder auf und legte das große Buch auf
den Altar.

»Um Gottes Willen, Kościejny, benimm dich wie ein
Mensch...«

Der Feldwebel sah sich unsicher um, blickte ratlos nach
oben und wollte noch etwas sagen, aber Kościejny ging
weiter in die Kirche hinein. »Nirgends Hilfe«, dachte der
Feldwebel, »nirgends.« Doch da kam ihm ein Gedanke. Er
drehte sich auf dem Absatz herum, lief hinaus und rannte
in die Kneipe.

Dort war Samstagnachmittag, und vor lauter Rauch stand
die Tür ein Stück offen. Er schob den heißen Vorhang
auseinander, und vor seinen Füßen torkelten die angehei-
terten Tische. Er spürte, wie ihm Tränen in die Augen
stiegen, aber bevor er nichts mehr sehen konnte, bemerkte er Lewandowski. Er trat zu ihm. Lewandowski
rutschte das Lachen vom Gesicht, schnell und glatt wie
ein Handschuh von den Fingern.

»Du spielst, Lewandowski, stimmt's?«

»Herr Wachtmeister, nein, ich rühr keine Karten an.«

»Ich meine Ziehharmonika...«

»Das ist schon lang...«

»Na, dann steh auf, geh und warte an der Tür, aber hau
mir nicht ab.«

Der ganze Saal schaute auf und verstand nichts. Der
Feldwebel hielt die Mütze in den Händen. Er drängte sich
durch die erstarrte Menge und suchte sich die Geistesge-
genwärtigsten aus.

»Steh auf, steh auf und frag nicht, du weißt schon wofür, ich hab ein gutes Gedächtnis. Du auch, los, und du,

bewegt euch, raus mit euch, wartet am Ausgang. Ihr seid alle verhaftet.«

Als der Pfarrer sie sah, begannen seine über dem Altar ausgebreiteten Arme langsam zu sinken. Die Männer drückten sich seitlich durch die angelehnte Tür und blieben dann bewegungslos stehen. Einer, zwei, drei, die nächsten, das ewige Licht der untergehenden Sonne verschüchterte sie auf der Stelle. Als letzter trat der rotblonde Feldwebel ein, schloß die Tür hinter sich und begann die Leute ins Innere der Kirche zu drängen, in den Glanz und den wirbelnden Staub. Sie schlurften über den Boden wie Blinde, die nach dem Weg tasten. Grau, verschwitzt, still. Der Lärm der Kneipe, von dem ihre Leiber durchdrungen waren, war verdampft. Diejenigen, die Mützen hatten, bedeckten damit ihre Scham. Die weiß-rote Coca-Cola-Mütze mit dem Schild in Janeks Händen, in Zalatywójs die grüne Militärmütze. Der Polizist nahm Lewandowski am Arm und führte ihn in die rechte Ecke der Vorhalle, wo ein altes Harmonium stand. Die Frauen wandten die Gesichter vom Altar ab. Ihre Augen wurden rund, die Münder formten ein stummes »o«. Das vom Altar heranwehende Gebet verlor Klang und Rhythmus, der Pfarrer hangelte sich unsicher von Wort zu Wort, immer langsamer und schwerer tropften die Silben.

Die Sonne hing schon in Höhe der Fenster. Der waagerechte Schnitt der goldenen Klinge spaltete das Dach und den Glockenturm ab. Sie standen unter dem nackten Himmel, im Geruch des harzigen Holzes, des Moders und der zwischen den Balken des Dachstuhls klebenden Vogelnester und Federn. Lewandowski spielte, so gut er konnte. Durch Hunderte von Ritzen sickerte die Luft aus dem Harmonium. Die Wolken barsten, das honiggelbe, blutrote Licht schwappte in die Kirche wie Wasser, wie eine Flutwelle, und Janek, und Oma, Zalatywój, der über die vergilbte Klaviatur gebeugte Lewandowski, und der Feldwebel, alle wurden für einen Augenblick durchsichtig wie Engel oder wie ihre eigenen, verborgensten Träume, an die sie sich nie erinnerten, wenn sie an all den Morgen erwachten, die ihnen bestimmt waren; für einen Moment verwandelte das Licht ihre Knochen zu Asche und ihre Körper zu Staub, damit sie ihre Namen und Formen vergaßen, ihren Schmerz, ihre Last, und die Zeit, die in den Adern nistet gleich heißem Sand oder Blei, und nie, aber auch nie eine Pause gewährt.

Doch diesen Augenblick maß keine Uhr.

Die Sonnenscheibe fiel in die schwarze Büchse des Cergowa, und der rotblonde Feldwebel sah, daß der direkt vor dem Altar stehende Kościejny ihm zulächelte und nickte, er solle kommen und die Ohren spitzen, solange es noch nicht zu spät sei.

Inhalt